遅れてきた愛の天使

JC・ハロウェイ 作

加納亜依 訳

ハーレクイン・イマージュ

東京・ロンドン・トロント・パリ・ニューヨーク・アムステルダム
ハンブルク・ストックホルム・ミラノ・シドニー・マドリッド・ワルシャワ
ブダペスト・リオデジャネイロ・ルクセンブルク・フリブール・ムンバイ

HER SECRET VALENTINE'S BABY

by JC Harroway

Published by Harlequin Japan,
a Division of K.K. HarperCollins Japan, 2025

ＪＣ・ハロウェイ

正真正銘のロマンス中毒で、家族を養うために研修医のキャリアを中断し、ロマンス小説家という天職を見つけた。執筆では、ハッピーエンドの物語がもたらしてくれる幸せホルモンに強いこだわりがある。現在、ニュージーランド在住。

主要登場人物

サディ・バーンズ……………小児科研修医。
グレース……………………サディの双子の妹。
ミリー………………………サディの娘。生後二カ月。
マーク………………………サディの元恋人。
ローマン・イェジェク………小児外科医。
カロリーナ…………………ローマンの妻。故人。
ミコラス……………………ローマンの息子。故人。愛称ミコ。
サミュエルズ………………小児病棟の看護師長。愛称サミー。

1

バレンタインデー

ドクター・サディ・バーンズは、ウィーンのドナウ・ホテルのバーでにぎわうパーティになど、出たい気分ではなかった。ほとんど尻尾《しっぽ》を巻いて逃げかけている。バレンタインデーに六年ぶりに独りで、騒々しい独身者たちに遭遇したのが運の尽きだった。

サディには何よりまず、ワインが必要だった。

首をすくめ、抱き合う恋人たちをよけてバーカウンターに向かい、ぎこちないドイツ語で一番大きなグラスに白ワインを注文するつもりだった。今ごろロンドンでは、元恋人が妊娠した婚約者とこの日を祝っていることだろう。サディとつき合っていたころからの浮気相手だ。

ほかの日なら、サディは階上の自分の部屋に直行していただろう。道路を隔てた向かいの病院で、小児医療の進歩について医学会議があり、講演や交流会が長く続いた一日のあとでは、特に。サディはバーテンダーに注文をすませると、パーティの騒ぎから遠く離れた、バーのスツールに腰をおろした。

手ひどく裏切られて屈辱を味わい、心をずたずたにされながら、なぜ地球上のほかの誰もがめでたく恋に落ちるなどと、簡単に信じられるだろう。

皮肉な思いにとらわれてばかりいた自分に気づいて、サディはバーテンダーにワインの礼を言った。

「どうもありがとう《フィーレン・ダンク》」

バーテンダーが気のあるそぶりを見せて笑みを向けてくる。サディはさっと視線をそらし、ソーヴィニヨン・ブランをあおった。マークに裏切られたあと、男性に感じる自分の直感がもう信じられなくなっている。今は仕事にエネルギーを注いだほうがいい。今日の高度に有益なシンポジウムのあと、明日リフレッシュしてロンドンに戻り、医療のプロとして新たな活性化を目指すほうがはるかにいい。あの胸が悪くなる、愛に破れた日はもう昔のことだ。

バレンタインで浮かれ騒ぐこの人たちさえ忘れればいいのに。バーのあちこちでクラッカーがはじけて紙吹雪が飛び散った。サディは驚いて飛びのき、胸に手をあてた。無数のピンクと赤のハート形の紙片が、歓声に包まれて人々に降り注いでいる。

サディはバーの隣に座る男性が口を開くまで、いらだちのうめき声をもらしていたと気づかなかった。「一分間にため息が二つ」男性が言い、サディは初めてそれまで彼が柱の陰でよく見えていなかったことに気づいた。彼もまたパーティから距離を置きたがっているようだ。「でも、心配しなくていい」正確だがアクセントの強い英語で続ける。「願わくば、あの騒がしさに彼らも気づいていればいいんだが」

「そう願うわ」サディはうなずき、ワイングラス越しに、パーティが楽しめない仲間をじっと観察した。

胸が広く、黒髪で、優しい青い瞳の彼は、心臓が鼓動している女なら誰もが注目するような男だった。だがサディは自分を哀れむのに忙しくて、隅で一緒に身を潜めているセクシーな男には気づかなかった。

「普段なら気にもしないけど」サディは言い、三つ目のため息をついた。「独り静かに飲みに来たものだから」アパートメントに戻ったとき、ドアマットにもう赤い封筒が置かれていないのを忘れるための一杯だった。マークは毎年いつもバレンタインデーには、これ見よがしのロマンスをしかけてきた――一ダースもの赤い薔薇《ばら》、パリへのサプライズ旅行、キャンドルライトのディナー……。でも今から思うと、彼の大げさな告白やあからさまな愛情表現は見え透いた嘘《うそ》で、サディはまるでもっといい相手が現れるまでの一時しのぎか、代役のようだった。

「僕もだ」見知らぬ男性のセクシーな口元に共犯者めいた笑みが浮かび、彼を単なるハンサムから、とびきりゴージャスな男に変えていた。

彼はグラスを掲げてサディとの連帯を示し、柱の陰にゆったりともたれかかった。サディに言い寄ったりする気がないのは明らかだ。

サディは意気消沈して、彼をもう一度見やった。たぶん彼は本当に誘ってくるつもりなどないのだろうし、にぎやかなお祭り騒ぎでサディの孤独な気持ちが深まったのかもしれず、マークの手ひどい裏切りのあとで、人と関係を結ぶのにうんざりしていたのかもしれない。サディはこのあたりさわりのない会話をもう少し続けたくなっていた。

「なのに代わりに」サディはもう一度彼の注意を引きながら言った。「私たちもバレンタインのパーティの渦中に巻き込まれるわけだから、ああいうのは法律で禁止するべきなのよ」

サディの笑みに笑みで応えながら、ハンサムな見知らぬ男性は、今度ははっきりと関心を示してサディを見つめた。「アンチ・バレンタイン・パーティだそうだ」彼は訂正すると、バーの背後に貼られたハートマークがたくさんついたポスターを示した。明らかにこのイベントを告知したものだ。

じっと見つめてくる彼の視線から目をそらし、サディはポスターに注意を向けた。サディの語学能力をはるかに超えたドイツ語で書かれている。

「アンチ・バレンタイン・パーティって何かしら」興味を引かれて尋ねた。「飲み物を注文するくらいが私の語学能力の限界だから。あなたにもわかると思うけど、私は地元の者じゃないから」

「僕もそうなんだ」彼は柱の陰越しだったのを、スツールをサディの側にずらして、さえぎるものなしで話せるようにした。「僕はチェコ人で、ドイツ語も話すから、英語に訳してあげよう」

サディはうなずき、彼の深みのある声とアクセントの強い英語に魅せられた。髭《ひげ》で黒ずんだ力強い顎を間近にし、悩ましい唇に浮かぶかすかな笑み、ユーモアが躍る青い瞳を目のあたりにすると、自分でも気づかずにいた体の緊張が解けていくのを感じた。

「〝アンチ・バレンタイン・パーティのルール〟と書いてある」彼が身を寄せてきてポスターを読むと、甘くスパイシーなアフターシェーブの香りが漂った。セクシーなチェコ人は三十二歳のサディより十歳は年上で、ほほ笑むと目尻のしわが深まり、こめかみには年齢に重みを添える白髪が交じっている。

七カ月前の別れ以来、サディは初めてこの男性と一夜の関係を結ぶ自分が想像できて、うっとりする予想外の体の反応を隠すようにワインをもうひと口あおり、彼にうなずきかけて翻訳を続けてもらった。

「〝ルールその一〟」ブルーの瞳の男性が言った。「〝独身であること〟」

当たり前だというように肩を片方すくめ、彼は間を置いて、サディの答えを期待して待っている。

彼はサディを誘っているのだろうか。

「チェック」サディは言い、ぎこちない笑みを浮かべ、独身だと強調するようにチェックマークを入れるまねをした。元恋人の浅はかさをサディに忘れさせてくれたその男性は、おどけた笑みを浮かべ、彼女のしぐさをまねた。サディは彼の手にその証拠を探し、結婚指輪がないことで気分が浮きたった。

彼の誘いに応えるべきだろうか。

さらに衝撃的だったのは、そう考えるとサディの体の血が熱くなることだった。

洗練された魅力的な独身男性の誘いに、なぜ応えずにいられるだろう。恋人に捨てられ、傲慢な結婚の約束や夢物語を信じた身でも、もう一度欲求を感じるのを楽しんでいけないことにはならないからだ。

「〝ルールその二〟」男性が続けて言い、読みあげながら、さらに身を寄せてくる。サディは彼の体の熱気に気づいて興奮に身を震わせ、神経が高ぶった。

「〝恋愛関係は期待しないこと〟」

「ここまではとてもいいわ」サディは言い、謎の男性と一緒に宙にチェックマークを入れるまねをした。視線が絡み合い、サディは下腹部が火照ってきた。

彼はサディを誘っている。

喜びの震えが背筋をはいおりた。マークに捨てられたからといって、サディのすべてが否定されたわけではない。たしかにサディには問題がある……マークは二人が初めて会ったとき、そんなのは問題ではないと否定したけれど。それでも彼女が望めば、まだ男性を惹《ひ》きつけられる。もちろん相手はちゃんとした、深入りしないというサディの新しい価値観を共有できる男性だが。「ルールその三は？」サディは尋ね、笑みに自信を取り戻した。

三つめのルールは最も文が長く、サディは息をつめて待った。このばかげたパーティの考え方が今ではすっかり気に入っていた。このセクシーで予想外の男性がサディと同じく恋愛に嫌悪感を抱いているのが明らかだとすれば、なおさらだった。

それでも、愛していると言われた男に冷酷に捨てられたあとで、親切でハンサムな男性の優しさをすんなり受け入れてよいものだろうか。おそらく、元恋人の拒絶や大きな打撃を受けた直感はもうすっかり過去のものと考えて、もうはめをはずしてもいい時期なのかもしれない。

「〝ルールその三〟」彼は先を続けた。「〝どんな……〟どう言えばいいかな……」彼は片手を振り、チェコ語だと思われる言葉をいくつか口にした。正確な訳語を探しているようだった。

サディは愚かしくも彼の唇が動いてドイツ語を口

にするのを見つめながら、最後にキスされてから二百十八日が経《た》つと計算して、苦しい思いがした。自信をなくした、長く孤独な日々だった。不妊症のせいで、もう誰からも相手にされないのではと。

訳語が決まったのか、彼は言った。「〝どんなつながりも期待しないこと……電話が鳴らず、届かない赤い薔薇や傷心、かなわぬ期待といった負の側面に陥る心の準備ができているなら別だが……〟ほかにもいろいろと例をあげてある」

「まあ……」失望感がサディの胸に刺さった。書いてあることの趣旨には賛同できても、今度はチェックマークを入れる気になれず、グラスの脚に指を絡めたままだった。「翻訳してくれてありがとう」

サディはグラスに残ったワインをじっと見つめ、二人の親密なやり取りを次の段階に進められそうにないことで、沈んでしまう表情を隠そうとした。

「これは私好みのパーティだとわかったけど、結局、やめておいたほうがよさそうね……」サディはしゃべり続け、彼のほうを見られなかった。最後のルールが、意見を同じくするこの見知らぬ男性と親密な一夜が過ごせたらと思い描いたサディのファンタジーに、冷水を浴びせたからだ。

それでも今はその思いつきが頭の中にはっきり浮かんで、心に刺《とげ》のように深く突き刺さっていた。

「長い一日を終えて、ちょっと飲みに寄っただけだから」空になりかけたワイングラスに手を振る。

「朝にはウィーンを発《た》つから……パーティはいい考えではないかもしれない」緊張するといつも話しすぎてしまう。彼は久しぶりでサディを緊張させた男性だった。「あなたはどうするの？」サディはようやく彼と目を合わせた。「ほかの皮肉っぽい人や関係を持ちたがらない人たちに加わろうと思う？」

さらによけいなことを口走らないうちに、サディは飲み物をあおり、ほんの数分、火遊びめいた気分で恋愛感情にも似た気持ちを二人で共有できたことを忘れようとした。そして大嫌いなバレンタインデーに、人を引きつけずにおかないこの男性がサディに自らの魅力に気づかせてくれ、独りでも大丈夫だと、希望を抱かせてくれたことも忘れようとした。

彼のまなざしがサディから離れず、サディの体は期待に震えた。だが告げられた彼の答えはきっぱりとした口調で、疑いもなく彼の誠実さを伝えていた。

「僕は人生の影の部分に興味はない」ぶっきらぼうに言う。「愛にまつわる男女の関係はすべて、ただ一人の相手を見つけ、家庭を築きたいと願う人たちのためにある。僕には向かない」彼は肩をすくめた。広い肩がわずかに猫背で、青い瞳にちらつく悲しみが、この会話を始めたときに互いに感じた以上に、二人には多くの共通点があるとサディに伝えていた。

彼が眉をひそめ、こわばった視線がサディの顔をなぞると口元で止まった。サディはうろたえ、凍りついた。彼もサディと同じように、ルールその三にがっかりしたのだろうか。彼もまた、寂しさを振り払うために、見知らぬ相手と一夜限りの関係を持とうと考えていたのだろうか。

「私もよ」サディはささやき、手を伸ばして彼の腕にふれたい、慰め、慰められたいと思う、ばかげた衝動にあらがっていた。二人にはそれぞれ今夜、独りでいる悲しい理由があるのだと確信していた。

違った種類の緊張が二人の間で高まり、互いを意識し合う、可能性に満ちた、息をのむ瞬間が訪れた。

元恋人の言い訳と嘘の記憶に、そして二十代で不妊症と診断され、そんな自分を懸命に受け入れようとしてきた彼女を傷つけた彼の裏切りに、サディは心を奮いたたせ、意を決したようにグラスを掲げた。

「では、私たちに乾杯、バレンタインデー粉砕」母親になれないからといって、女として価値がさがるわけではない。このセクシーな見知らぬ男性のおかげで、今夜、サディは決意を固めた。彼女にはよい人生があり、好きな仕事もあり、家族も友人もいる。

揺るぎないまなざしで、彼は自分のグラスをサディのグラスに触れ合わせた。「僕たちに」

ワインを飲んで、彼の視線を受け止めながら、サディは二人の関係はこれ以上進展せず、不満を残しつつも楽しいやり取りのうちに終わるのだろうと安《あん》堵《ど》し始めていた。彼の名も知らず、会いたいと思っていたわけでもなく、もう会うこともないだろう。

ただ、サディはこの魅力的な男性に親近感を覚えていた。そして彼の瞳に浮かぶ何かが彼もまた同じ気持ちでいると物語っていた。

「ロマンス嫌いの人に会えてよかったわ」サディはようやく言うと、パーティがもうお開きになり、ホテルのスタッフがグラスを片づけ、床に散らかったハート形の紙吹雪をきれいにしているのに気づいた。

気が進まないながらもサディはスツールから滑り降り、片手を伸ばして握手をし、立ち去ろうとした。サディはこの見知らぬ男性に強く惹かれ、前に進もうと決心したにもかかわらず、この六年半、元恋人以外の誰ともベッドをともにしたことがなかった。

でも、そうするべきなのかもしれない。

マークは妊娠中の婚約者とロンドンにいて、今夜はサディのことなど考えてもいない。

見知らぬ男性も立ちあがり、サディの手を取った。温かく、しっかりとした手の感触に、胃が締めつけられた。「思いがけない楽しさだった――この何年かで最高のアンチ・バレンタインデーだったよ」

サディは声をあげて笑った。お世辞抜きで。

彼は温かくほほ笑んだが、ひと晩中そうしていたように彼女を見つめている――確固とした関心と物静かな落ち着きを見せて。マークの口先ばかりの空約束のあとでは、サディにはひどく好感が持てた。

「すてきな独身生活を」サディは言い、心臓の鼓動が彼に聞こえそうなほど猛烈な勢いで打っていた。

「きみも」彼は身を乗り出し、ヨーロッパ風にサディの頬にキスした。彼の唇がほんのつかの間そっとふれ、髭の伸びた顎がこすれて体が震え、温かみのある体のふれ合いがとても心地いい。互いに強く親しみが持てて、容易にこの思いがけなくも激しい魅力に負けてしまいそうだった。

サディの手はまだ彼に握られたまま、互いに向き合いながら、どちらも手を放せずにいた。二人とも傷つきながらも、二人だと安心だった。見知らぬ者同士でも、愛の愚かしさにあらがう味方同士だった。

サディは彼の青い瞳を見つめ、別れの言葉が喉につかえた。決意が大きく揺らいだ。洗濯物のバッグの底に古い避妊具がなかっただろうか。みすぼらしい下着は身に着けていないだろうか。互いに名も告げず、あとくされなく今夜が過ごせるだろうか。

「でも思うに……」サディは言っていた。どちらも別れがたくしている事実と、彼のまなざしの魅力と熱気に勇気を得ていた。「私たちみたいに互いに信頼し合える独身同士なら、ルールその三を破る心配はないんじゃないかしら」

「絶対にない」彼は言い、ブルーの瞳が濃さを増し、デニムの青になった。「きみもそう思うか……？」

「バレンタインデーなんて必要ない、そうよね？」

サディはささやき、彼の手を取りながら、二人でホテルのエレベーターに向かった。

「僕たちには必要ない」彼が言い、エレベーターのドアが閉まった。サディを腕の中に引き寄せ、片手で顔を包み込む。「きみは美しい」ポニーテイルの髪を緩めて両手を絡め、サディの顔を上に向けた。

サディは気を失わんばかりだった。するとそのとき、彼の唇がサディの唇に猛烈な勢いで重なった。

サディはうめき声をあげ、唇を開いて彼の舌を受け入れ、瞬時のこの衝動に身を任せた。こんなにすぐ誰かに心を奪われたことがあっただろうか。こんなに強い刺激に震えたことがあっただろうか。

こんな瞬間には気づいていた――エレベーターが急上昇するような、膝から力が抜けて立っていられなくなるような、地軸が傾いて地球が揺らぐような、そんなロマンティックな決まり文句はよく知っているはずだった。それでもこのとき、サディの指は彼の髪に絡まり、彼とのキスを深めていた。背中をエレベーターの壁に押しあて、彼の腿がサディの両脚の間に割って入り、彼の手がブラウス越しに胸のふくらみを包み込んで、胸の先端が硬くとがっている。

これはロマンスとは無関係だった。欲求そのもので、純粋で単純、二人の欲求が完璧に一致していた。

エレベーターのドアが開いた。情熱の炎はエレベーターを降りてもまだ続いていた。

2

十一カ月後……

職場復帰の初日に遅れないように急いだせいで、サディは少し息を切らしていた。サンシャイン病棟の受付のデスクで立ち止まって、スタッフたちに挨拶する。四カ月の産休中、ずっと会えずにいた。

「写真を見せて、お願い」サミーこと、看護師長のサミュエルズが、笑顔で片手を差し出す。彼女はみんなにサミーと呼ばれるのを好む。サディは携帯電話のロックを解除して、サミーに差し出した。

サミーやほかの看護師が集まって赤ん坊の写真に感嘆の声をあげている間、サディは生後二カ月の娘ミリーを残してきた心の痛みと罪悪感に苦しんでいた。ミリーはサディにとって小さな奇跡で、彼女の世界を思いがけずもすばらしい世界に変えてくれた。

サディは携帯電話を取り戻したくてたまらなくなった。職場復帰してまだ五分しか経《た》っていないのに、もう双子の妹のグレースに連絡したくなっている。妹はナニーの資格を持ち、赤ん坊のようすを見ていてくれる。妹以上に信頼できる人物はいなかった。

「かわいいわね」サミーは言い、サディに携帯電話を返しながら病棟の電話に出て、医薬品の棚の鍵をほかの小児科の看護師に渡し、プロらしく複数の仕事を同時にこなしている。

ミリーに何もないことを祈りながら、サディもすぐに仕事に意識を切り替えた。

ロンドンの小児病院では、月曜の朝はいつも慌ただしい。サミーが電話をすませて一緒に病棟を回診できるようになるのを待つ間、サディはあいているコンピュータ端末の前に座り、ログインして仕事のメールを開いた。当然、サディの受信トレイにはメールがぎっしり詰まっていた。スタッフのメモや病院のニュースレターは除外し、何を見るか決めていくと、そのリストに頭の中で優先順位をつけ、緊急でないものはその日の後まわしにした。

一通の〝緊急〟メールがサディの注意を引いた。クリックして添付ファイルをダウンロードすると、うめき声がもれた――赤いハートが花綱状にあしらわれたポスターで、病院がバレンタインデーに主催する寄付金集めのオークション大会の告知だった。開催は三週間後になっている。サディは当惑し、添えられたメッセージを目で追った。

〈……おかえりなさい……あなたにオークションで競売人をお願いすることになりました……こちらがオークションにかけられるもののリストです……〉

サディはため息をついた――明らかに不在の間に、

誰も望まない役を割りふられたようだ。赤ん坊のミリーの世話に職場復帰が重なって、この上バレンタインデーの大騒ぎなど思ってもみなかった。シングルマザーで、イギリスで最も多忙な小児病院で非常勤の小児科医をしている。そこにさらにこのロマンティックなばかげた仕事が加わるなど、ありえない。

去年のバレンタインを思い出すまでもない……。エロティックな思い出が脳裏に浮かんで、首筋が熱くなった。あの男性はサディの世界を根底から揺さぶった。まさか子供に恵まれるなんて……。

「ごめんなさいね、競売人だなんて」サミーがサディの肩越しに話しかけた。「くじ引きで決まったのよ」申し訳なさそうに顔をしかめる。

サディは年配の看護師長の説明に気にしないでと手を振った。むしろ強烈な青い瞳に貪欲な唇、奔放なあの喜びの一夜以外に考えることができてほっとしていた。大切な赤ちゃんを授かった夜だった。

「大丈夫。ちゃんと理由があってのことだから」気もそぞろで、サディはオークションにかけられるもののリストを見ていった。カップルでのスカイダイビングや、トスカーナでの一週間の休暇まである。

サディはすぐに病棟の入院患者の確認を始めるため、メールの受信トレイからログアウトした。病院の寄付金集めは成功させたくても、ほかの人々の恋にまで多くの貴重な時間を割くつもりはなかった。今はこれまで以上に別の優先事項がある――娘だ。

サミーが充電スタンドから病棟用のタブレットを取り、サディに回診を始める準備ができたと告げた。

静かだったのもつかの間で、今は寄付金集めのオークション大会の話題で持ちきりのようだった。

「寄付金がたくさん集まれば」サミーが病棟の一番奥へと向かいながら続ける。「子供たちが遊べるプレイルームを新しくしたり、家族が過ごせるファミリールームの模様替えだってできるわ」

「すてきね」サディは笑みを浮かべた。手伝いたい気持ちと、ミリーと過ごす時間が奪われるのにどう折り合いをつけるか、そんな気持ちの間で迷っていた。寄付金集めが欠かせないのはわかっている。子供たちが遊べるプレイルームは子供の健康的な回復にとって重要で、ファミリールームは患者の家族がリラックスできる場所であると同時に、悲しい知らせを聞く場所でもあった。

それでも、サディの大切な娘は長く望みを絶たれていたあとに訪れた奇跡だった。サディは二十代で原発性卵巣機能不全と診断され、マークはそんな診断など気にしないと言っていた。でもそれも、ほかの女性と浮気に走り、妊娠させるまでだった。

ところがその後、マークの裏切りを忘れかけたころ、サディはウィーンのバーで、謎めいたチェコ人の見知らぬ男性と出会った。

「それに」サミーは言い、ホワイトボードの前で立ち止まった。そこには現在の入院患者の氏名と担当の顧問医が載っていて、病棟のすべての回診が始まる場所でもあった。「競売人なら、あなたは誰よりも先にオークションに出される賞品の詳しい情報がわかるでしょう」訳知り顔でウインクをする。

「私はどの賞品にも入札しないわ」サディは顔を赤らめた。「赤ちゃんが生まれたばかりですもの」

グレース以外、ミリーの父親について誰も何も知らない。サディはずっと黙っているつもりだった。

「カップルでマッサージなんて必要ないし」サディはまぜっかえし、詮索好きのサミーの鋭い視線にいらだった。「二人きりのロマンティックなディナーも、メニューにベビーフードなしだと用はないわ」

「わかってる」サミーはひと晩で退院した患者たちの名前をホワイトボードから消し去り、その日の新しい入院患者用のあきベッド数を更新した。「でもあなたは医師で、魅力的で、独身だから」

サミーはしきりにかまをかけてミリーの父親について手がかりを引き出そうとし、相変わらずのロマンティストぶりを発揮している。

「決してありえなくはないでしょう」サミーはそう言葉を結ぶと、ホワイトボードから目をそらした。

「ありえないわ」サディは断固として首を振った。ほかの誰かとデートなどありえない。あの謎の男性とのすばらしい一夜はいつまでも色あせない。二人はアンチ・バレンタイン・パーティのルールを守り、情熱の数時間を分かち合ったあとも、互いに名も告げずに別れたのだった。完璧な夜だった。

今、サディは元恋人の裏切りからも立ち直り、あの名も知らない男性との夜からも前に進み、彼女の人生は新しいすばらしい方向に向かっていた。ときどき、ほぼ毎日のようにではあったが、愛する娘に青い瞳を与えてくれた男性のことが気になった。それでも意味のない好奇心だと、考えないようにしていた。あまりの恥ずかしさに、妹以外の誰にも、自分が男性と一夜限りの関係を持ち、彼が赤ん坊の父親だと知らせるすべもないとは、認められずにいた。

「娘と仕事に必要なものは何でもそろってるから。どうもありがとう」ロマンティックな関係とは違い、母親の愛情について、サディは信頼を得られなかったり拒絶に遭ったりする心配はなかった。ミリーへの愛情は無条件で、たとえ父親はいなくても――サディは娘が必要とするあらゆるものを与えられる。

「目玉の賞品に誘惑されたりしない？」サミーがなおも言う。「あなたがオークションにかけるものを、みんなが必死になって競り落とそうとしても？」

無表情でいるサディに、看護師長は劇的な効果をねらって、指で引用符をつけるまねをした。「〝結婚したくなるドクターとのデート〟よ」

「いいえ、けっこうよ。絶対にお断り」サディは鼻で笑い、小型のカートを、ベッドが六床の最初の病室に引いていった。いつだって男に失望させられるより、温かい赤ちゃんを腕に抱いてブラウスに染み汚れをつけられているほうがまだいい。チェコ人の一夜の恋人に妊娠させられても責めるつもりはないし、実際すばらしい贈り物にいつも感謝している。少なくともこうして独りでいれば、恋愛関係の気晴らしはなくても、嘘《うそ》をつかれたり、だまされたり、ほかの女性と比べられていやな思いはしなくてすむ。

「よくそんなことをしてくれるボランティアが見つかったわね」サディは言い、笑みを浮かべた。「かわいそうに、その男性は生きたまま食べられてしまうわ。誰かが当日警備にあたってくれるといいんだけど。男性の奪い合いで大惨事になりかねない」

サミーはあくまでにっこりほほ笑んでみせた。

「ボランティアというより、断りきれなかったとだけ言っておくわ。でも、ドクター・イェジェクには、新任の非常勤の外科医だけど、寄付金のために是非にと頼み込んで引き受けてもらったのよ」

サディは看護師長の巧妙な策略に目を丸くし、かわいそうなその男性医師が少し気の毒になった。明らかに好人物で、自分が何をするようになるか、ちゃんとわかっていないのかもしれない。

「彼を見たら、気が変わってオークションに参加したくなるわよ」サミーはウインクし、十代の女の子のように手で顔をあおった。

「興味ないわ」サディは最初の患者のベッドの足元までカートを引いていった。

たとえその男性が彼とのデートをめぐって女性たちがオークションで争いを繰り広げるような男性でも、自分だけはこの病院から五十キロ以内で唯一、反応を示さない独身女性でいてみせると決めていた。

「さあ、病棟の回診を始めましょう」サディはそう言うと、リストの最初の患者のカルテを取りあげた。早く仕事を始めれば、一日をあっという間に終わらせて、ミリーのもとへすぐに帰ることができる。

サディとサミーが三人の患者の経過観察をし、二人に退院を認める診断結果を出していたとき、病棟の警報が鳴り響いた。サディはすぐにその場を離れ、緊急治療室へと急いだ。アドレナリンが血管の中を駆けめぐっている。サミーも彼女のあとを追った。

サミーと二人で病室に入ると、ベッドの周りにカーテンが引かれていた。ベッドの患者を看《み》ていた看護師が、心配そうに顔をあげた。「この子はアビゲイル・スウィフト――アビーで、六歳です」看護師は言い、話しながらベッドの頭部を下げていった。「腸の重積症の腹腔《ふくくう》鏡手術から術後一日です」

サディはアビーの速い脈拍を測った。意識はあるが、もうろうとしていて、顔がひどく青ざめている。

「血圧はひと晩じゅう低かったのですが」アビーの看護師が続ける。「病室の移動中に、さらに下がりました。短時間の意識の消失もありました」

サディがアビーに話しかけ、自己紹介をして少女を安心させ、眉に浮いた汗に注意している間、誰かが壁のダイヤルで出力をあげ、アビーのマスクへの酸素量を調整した。サディがアビーの腹部に手をあてている間に、サミーは点滴の間隔を速めた。

サディが心臓モニターをチェックすると、少女の心臓は正常なリズムを刻んでいたが、頻脈と低血圧が見られて、ショック状態で、体内出血を起こしている可能性が高かった。

「点滴を増やしましょう」サディは点滴カニューレを手にして、アビーのもう一方の腕に挿入した。

「それと輸血のために緊急の適合検査《クロスマッチ》をお願い」

サディは検査用の血液サンプルを採取した。アビーが術後に深刻な合併症を起こしたり、いつまた意識を失うかもしれないからだ。サミーは新しいカニューレを使って追加の点滴を始めた。ともかく、アビーの血圧をあげる必要があった。今すぐに。

「外科医は呼んだ？」サディがきくと、サミーがきっぱりとうなずいて請け合い、サディはほっとした。「よかった。X線検査室に連絡して、緊急で使いたいと伝えて。それとアビーのご両親を捜して」

「お二人はカフェテリアに行ったところです」看護師が言い、今では涙ぐんでいるアビーをなだめた。

出血は手術後の何らかの合併症だろう。アビーを手術室に戻して出血を止める必要がある。ひと晩じゅうゆっくりと出血が続いていた可能性がある。

サディが検査用の血液のチューブにラベルを貼っていると、ベッドの周りのカーテンが開いて、新しい人物が加わった。アビーの血圧が少し改善されたとわかり、サディはその外科医に向き直ると、患者の必要な情報を説明しようとした。

なのに足元が大きく揺らいで床がくずれ落ちそうになった。彼だ。ウィーンで会ったゴージャスな男性。十一カ月前、一夜をともにしたあの男性だった。

ネイビーの手術着に身を包み、ハンサムな顔立ちで、娘にも受け継がれたブルーの瞳に懸念の表情を浮かべている。ベッド越しに彼が動いて、サディの目の前で立ち止まった。一瞬、視線が絡み合い、とたんに空間越しに互いを認め、体はすぐに反応し、心がそれに追いつこうとしているかのようだった。

「容態は？」彼は尋ね、もう患者に集中している。まるでサディが初対面の小児科医か何かのように。

サディも職務に集中した――彼がこの病院で何をしているか、あとでわかるだろう――サディはアビーの病歴と緊急事態の現状について簡単に説明した。彼との再会に呆然《ぼうぜん》とすると同時に喜んでもいて、こんなに鼓動が高鳴っているのに、サディはどうやって普段のように振る舞えばいいかわからなかった。

対照的に、外科医の彼は、ウィーンでサディがとても魅力的だと感じたのと同じく、冷静で自信に満ちた態度で、目下の事態を取り仕切っていた。

彼は医師だった。それも当然だ。サディはウィーンの病院近くのバーで、彼に会ったのだから。

「ラボに連絡して、クロスマッチがすんだ血液を手術室に送ってもらうように」彼はサミーに指示し、その間もアビーの腹部を診ている。「すぐにだ」

「緊急の検査は?」サディは尋ね、ポケットから携帯を取り出し、X線検査室を呼び出そうとした。

「いや、時間がない」彼は言い、サディの名札をちらりと見て、アビーのベッドのキャスターのロックを解除した。「手術室で検査をする」

彼はなおもサディをまったく覚えていないかのように、人生を変えるような一夜をともにしたこともなかったように、ベッドを病室から移動させていく。

「僕が自分で連れていく」彼はサミーに向き直った。「ご両親に手術室に来てもらうように」後ろを振り返りもせず、彼はアビーのベッドを病室から動かしてエレベーターへと向かい、来たときと同じようにすぐに立ち去った。

サディは病棟の中央に凍りついたように立ちつくし、去っていく彼を見送りながら、気持ちを落ち着けようとした。アドレナリンは薄れていたが、混乱だけは残っていた。二度と会うことはないと思っていた男性で、知らぬ間にかわいい娘の父親となり、サディの世界を根底からひっくり返した男性だった。その彼がここに、このロンドンにいる。

なぜなの? 彼はサディの身元を突きとめ、ここまで追ってきたのだろうか。

いいえ、彼はサディのことがまったくわからないかのようだった。おそらくサディもあの夜のことも記憶から消し去っているのだろう。妊娠中の九カ月間、サディが彼のことを絶えず考えていたのと同じようには、彼は決してサディに執着心など持っていなかった。ミリーが生まれてから、サディは娘を見るたび、彼の顔を見る思いがしていたのに。

そばに誰かがいるのに気がついて、サディは喉を締めつける妄想をのみくだした。サディはサミュエルズ看護師長をちらりとうかがった。さっきの緊急事態のあと、いつもの有能で冷静な看護師長に戻っていた。「それで」サミーが意味ありげな笑みを浮かべて言う。病棟でのいつもの積極的な動きを取り戻している。「あなたはもうドクター・イェジェクに会ったわね。あれが〝結婚したくなるドクター〟よ。気が変わってデート・オークションに参加する気になった？　ゴージャスだと言ったでしょう」

サディの胃は、さっきのつかの間の現実離れした再会で、いらだたしいほどにきつくこわばっていた。なのに、さらにまたきつく締めつけられていた。

「そうは思えないけど」サディはつぶやき、くすくす笑いながら病棟の回診を再開するサミーのあとについていった。冷酷な現実が見え始めていた。

3

ローマンは幼いアビーの手術を終えるとすぐ、もう会うこともないと思っていたあの女性を捜しに、サンシャイン病棟に取って返した。動揺が大きかった。彼女はローマンのことがわからないのか。知らないふりをしたのだろうか。幸い、彼女と再会した衝撃とその後の緊急事態のせいで、慌てて話をするのは避けられた。アビーの外科手術があったおかげで少し考える余裕ができ、謎の女性の名前がわかった今、混乱した考えを整理する時間が持てた。

名札にはドクター・サディ・バーンズとあった。サディ。彼女にぴったりの名だ――遊び好きで、洗練されている。忘れられないあの夜がよみがえって血が騒いだが、たとえウィーンで別れのキスを交わしたあと、考え直す暇が与えられたとしても、二人が別れたあの場所から再び始めることはできない。彼はサディがあのとき会ったのと同じ傷ついた男だった。ロンドンに来たのは働くためで、それ以上のためではない。非常勤の代診医の職を転々としていくのが今の彼の人生だった。

この状況を何とか——これから一カ月近く同じ病院で働くわけだから——自分でコントロールしていく必要に駆られ、ローマンは歩みを速めた。手術室ではくゴム底靴が通路に音をたてていく。病棟に戻ると、サディがコンピュータ・ステーションにいるのを見つけた。さっき顔を合わせてから繰り返し警報が聞こえているにもかかわらず——あの夜以来、サディはすでにずっと彼の頭の中で長い時間を過ごしている——ローマンはつかの間、その姿を楽しんだ。じっと集中しているようすで、漆黒の髪を後ろにきつく結いあげ、横顔がはっきり見える。きれいだ。彼の記憶の中で勝手に思い描くよりずっといい。

「ドクター・バーンズ」ローマンはモニター画面で胸部X線写真をじっと見ているサディをさえぎった。少し話せば、この十一カ月ずっと彼女にかけられていた呪縛から解け、ありえないこの魅力からようやく逃れられるのではないかと願ってのことだった。

「まあ！」サディが驚いて片手をさっと胸にあてると、ブラウスが押され、両の胸のふくらみが描き出された。「驚いたわ。まさか……あなただなんて」

サディは頬を赤らめ、ぎこちなく笑った。ベッドに誘った夜、彼がとても魅力的だと感じた、あのためらいがちな笑みだ。下を向いて、自分がどんなに美しいかもわかっていないようで、そんなしぐさに、ローマンの彼女への好奇心はさらに深まった。

「まだ手術室かと思ったわ」サディは続けた。「ちょうどよかった。話ができればと思っていたの」

では彼女はローマンだと気づいて、話せる機会を待っていたのか。その彼が現れて緊張しているのか。

「驚かせてすまない」今なおサディ・バーンズに強く惹《ひ》かれていた。「ちゃんと自己紹介がしたくて」

さっき目が合ったとき、ローマンは視線をそらさずにいられなかった。記憶があまりに鮮烈で、自分の動揺を周りの人々に知られてしまいそうだったからだ。今またウィーンの夜の強烈なフラッシュバックに襲われながら、彼は手を差し出した。手のひらが熱く火照っている。「ローマン・イェジェクだ」

喉元に手をあて、互いに惹かれ合う力の強さを彼に伝えたにもかかわらず、サディはまるで蛇でも見るように彼の手をちらりと見た。それから咳払《せきばら》いをして、短く、それでもしっかりと握手をした。「サディ・バーンズよ。もう知ってるでしょうけど」

互いの興奮以上に、彼女の目にはどこか身構えたようなところがあり、まるで彼が好奇心を満たそうとしてようやく秘密の恋人の名をつきとめ、一夜限りのルールを破ってしまったかのようだ。それでも最後の一ユーロを賭けてもいいが、彼女もまたローマンのことが気になっていたようだ。「きみの名札を見た」平然と肩をすくめる。「僕たちは同僚だから、ファーストネームで呼び合うべきだろう」

彼は口を開いて、あの夜別れてからどうしていたかきこうとしたが、サディに先を越された。

「ロンドンで何をしているの？」挑発するように顎をあげ、明らかに落ち着きを取り戻して防御を固めにかかっている。「どうやって私を見つけたの？」

よそよそしい口調が鼓膜に耳障りに響いて、非難がましい視線に彼は肩をこわばらせた。

「きみを見つけた……？」サディはなぜこうも……神経質になっているのだろう。ローマンがわざと追ってきたとでも思ったのだろうか。ストーカーのように職場にまで入り込んできたと？　ローマンが今サディを無視し、気づかないふりをしたら、彼女は喜ぶだろうか。たとえローマンがそんなゲームに熱中したとしても、彼はこの女性への好奇心を抑えようと一年の大半を費やし、激しい喜びと率直な期待を満たし合ったあの夜を忘れようとしてきたのだった。サディは明らかに悔いている一夜のようだが。

「どうやってきみを捜せばいいんだ、二時間前まで、名前すら知らなかったのに？」彼女がそばであげるうめき声を、ローマンはもう知っていた。彼女にキスして、狂おしい声をあげさせる体の場所も。

「そう……そのとおりね」サディは一瞬、態度を軟化させた。「ごめんなさい、私が間違っていたわ」

彼はため息を押し隠し、胸の高鳴りは少しずつ収まり、代わりに落胆が取って代わった。「僕がここで何をしているかは明らかだと思ったんだが。ここで非常勤の小児外科医として働いている」

彼は勤務中のサディに襲いかかろうとしたわけではない。確かにロンドンに引っ越した当初は、地下鉄の中やスーパーマーケットで、忘れられないあのイギリス人女性に出会うかもしれないと想像したことはある。だが二人が同僚として働くようになるとは思ってもみなかった。それでも彼女はローマンをじっと品定めし、彼の体をくまなく見まわしている

にもかかわらず、二人は見知らぬ者同士で、強烈なまでに性的な相性を確かめ合い、互いの体を知り尽くしているカップルでないふりをしたがっている。

「なるほど」サディがうなずき、目をそらす。「もちろん、そうよね。代診の……非常勤の……ドクター・イェジェク。お会いできてよかったわ」

なのに彼女の奇妙な態度と、一緒に過ごした夜を後悔しているようすを見ると――あの夜は彼には貴重な忘れがたい夜だったのに――二人が別れてしまったところからやり直したい誘惑は簡単についえてしまった。もう解決ずみの問題にされている。

深い悲しみがローマンを変えてしまい、恋愛どころか、人との関係を築くことなどもうできないとあきらめていた。幸いにもバレンタインデーに皮肉な感情以上のものをともにできた昨年と違い、サディとの関係は、友好的ではあっても、今は彼がかかわりたくない厄介な問題をはらんでいるようだった。

たぎる情熱を抑え、彼は話題を変えた。「アビー・スウィフトの手術は終わった。情報交換は？」

ローマンは誰もいない病棟のオフィスを示し、プロとして積んだ経験を生かして自分の体の不本意な反応を無視しながら、彼自身の不安やサディの変わりやすい接し方にもかかわらず、再会を喜んでいた。

「もちろんよ」サディは一瞬ためらった後、言った。「いい考えね。話すことがたくさんあるわ」

サディは慌てたようすでオフィスへと急ぎ、狭い部屋が許す限り、彼から離れて中に入っていった。

ローマンはそっとドアを閉めた。今はただプライバシーを確保したうえで、彼はロンドンにサディを追いかけてきたわけではなく、恋に落ちたと宣言したり、結婚を申し込んだりするつもりもないと、はっきり伝えたいだけだった。サディが彼に向き直り、二人の視線が絡み合った。沈黙の中、二人の間で電流がはじけ、火花が散るようだった。

ローマンの心臓が大きく打った。これはまずい。もう一度サディに会えばこうなると、彼の心の一部ではわかっていた気がする。二人の相性のよさは無視できないほど熱気を帯びていて、気後れや恥ずかしさにもかかわらず、サディもそう感じていた。

サディはまばたきをした。まるでスイッチが入ったようだった。「術後の出血だと思うけど」言いながら、口調がどこか上の空で、一瞬前には、彼の手術着を引き裂いてデスクの上で愛し合う場面が目に浮かんだ。決して不愉快な光景ではなかった。「検査結果を見たわ」サディは続けた。両手を合わせて握りしめている。「アビーは幸運だったわ。もっとひどいことになっていたかもしれないのに」

サディはひどく神経質になっている。

「そうなんだ――血管のクリップがゆるんでいた。二度目の手術はうまくいった。アビーは今は輸血で安定している。まもなく病棟に戻れるだろう」

「よかった」サディは彼とちゃんと視線が合わせられず、今はウエストの上で腕を組んでいる。心ここにあらずで、早くこの場を切りあげたがっているようすが強調されている。まるでローマンが追い出さねばならないパーティの招かれざる客みたいに。

このサディは彼がウィーンで出会った、クールで遊び心のある女性とは別人のようだ。こんなふうでは、彼は魅力をふりまく必要もないし、誰に対してもしてきたように、常に人と距離を置く必要もない。四年前、車の事故で妻と息子の命が奪われ、彼の人生が崩壊して以来、ずっとそうしてきたように。


サディは同僚として医師の仕事をこなすのだ。

おそらくウィーンで他人同士のまま別れたのは、それが都合がよかったからで、ここで起こっているような事態を招かないための逃げ道だったのだろう。

それでもまだ、一緒に働く方法を二人は見つけねばならなかった。「いいかい、サディ、ちょっと気まずいのはわかる」ローマンは自分の気持ちを抑えて言った。「僕がこんなふうにきみの職場に現れたのは、断言してもいい、ただの偶然なんだ」

ローマンはそこで間を置き、サディがリラックスしてくれるよう願った。だがこの狭いオフィスに二人きりでは、むしろさらに緊張させることになった。

「偶然だなんて……」サディは口の中で言い、また部屋を歩きまわり始めた。「ばかげてる。どこにそんな可能性があるの……?」

ローマンはうなずいた。「わかってる、今朝きみに会ったのは衝撃だった。だが、うれしくもあった。

もう二度と会えないと思っていたから」

ローマンはこの上なく優しくほほ笑んだが、サディは用心深く彼を見守り、まるで彼の母国語のチェコ語で何か言われたかのように顔をしかめた。

ローマンは病棟の詮索好きな目を遠ざけた今、サディの緊張をほぐし、彼がウィーンで出会ったのと同じ男だと安心させるときだと思った。「それで、最後に別れてから、どうしていたんだ？」そうたたみかけ、彼はようやく二人の一夜の関係を認めた。

驚いたことに、彼の率直な質問に、サディはさらに青ざめた。「順調よ、ありがとう」少しぶっきらぼうに言う。「すこぶる順調よ、見てのとおり。多忙で、いつもどおりの人生。とても忙しいわ」

サディはデスクの端にふれ、人差し指でせわしなくそこをたたいている。まるで彼につかまって、逃げられなくなったかのように。

ローマンはそのメッセージを受けとめた。サディはまだ彼に惹かれてはいても、さらに親密な関係を結ぶことには興味がないのだ。

「きみを引きとめるつもりはない」ローマン自身はまだ二人の性的な相性のよさに、どうしようもなく絡め取られていたが、この変わりはてた女性の立場がわかった以上、思い込みはすべてぬぐい去るつもりでいた。「僕たちは一緒に仕事をこなす必要があるのだから、少しは礼儀正しくすべきだと思ってね。気まずさは不要だし、セックスのことは忘れよう」

サディは苦しげに笑い声をあげ、目を彼の背後のドアに向けた。「そうね、私たちは協力し合わないと。いいことだわ。私たちは同僚なのだから」

それでも彼はむげに立ち去れず、親密な関係などなかったかのようにサディを無視できなかった。

ローマンは明らかに今、二人の気持ちが食い違っていることに混乱していた。出会った夜、二人は何の苦もなく意気投合したのに。それでも彼は続けた。

「仕事のあと飲みに行けたらいいなと思って誘いたかったんだ、きみはあの夜のことはすっかり忘れて、なかったことにしたいようだが」

ロンドンのサディはまったく別人のようだった。

彼は決していいかげんな男ではなかった。それにカロリーナを失ったあと、誰ともロマンティックな関係になるのを避けてきた。彼はウィーンではっきりそう伝えようとしたし、今では間違っていたと思うのだが、サディも同じだと考えていた。なのに彼女はローマンを避けたがり、何か隠しているようだ。

「飲みに誘いたかったのね……」サディが顔を赤らめ、足元に視線を落として唇を噛《か》んだ。「まあ……それはご親切に……飲みにね……」

ご親切に……？　ローマンは信じられない思いで、悪態をつきたくなるのを我慢した。「そうとも、バーかカフェで親睦を深めようと思ってね」

「その……実は私も同じ提案をしようと思っていたの」サディは続け、今度は彼と視線を合わせた。「そしたら、あなたが病院の〝結婚したくなるドクター〟に選ばれたとわかって」指で引用符をつけるまねをする。「だから飲むのはいい考えではないと思い直して……」ぼんやりと手を振る。「それに私たちには医師としての立場があって、私は研修医で、あなたは顧問医なのだから、つき合うべきではないかもしれないし、噂《うわさ》の種になるかもしれないわ」

サディは気まずい沈黙を埋めようとして、神経質にたわごとを並べたてているだけだろうか。言い訳など、すぐに尽きてしまうだろうに。

「それに、夜は大体遅くまで働いてるし」サディはなおも続けた。「あなただって手術や何やらで、一緒に飲む時間なんて多くは取れないでしょう……」

ローマンはもうサディの言葉には耳を貸さず、ほとんど息も止めずにまくしたてるのに驚きながらも、並べたてる言葉は明らかに神経質になっていて、ローマンの耳には大きな失望感をもたらした。

サディの頬はみるみるピンクに染まっていった。

「今はときどき、妹が同居していて、だから――」

ローマンは片手をあげ、サディの話を途中で制した。「もういい。ペンキが乾くのを見ていないといけないとか言わなくていい。わかったよ。きみはほんとうに、話し合って誤解を解くつもりも、友好的になるつもりもないようだから」

「私は――」サディがポニーテイルを肩越しに払う。

「ほら」彼はまたたくさんの言い訳が並べたてられそうなのをさえぎった。「念のために言っておくが、僕は十一カ月、きみのストーカーをしていたわけではないし、永遠の愛を誓いたくてここに仕事をしに来たわけでもない」

サディは鼻で笑ったが、表情はひどくこわばり、彼が冗談を言っているとは理解できないようだった。

「確かに、ウィーンでは、きみとすばらしいときを過ごせたと思っている」ローマンは続けた。「少なくとも僕にはそうだった。きみがそんなふりをしていたのでないかぎり。そして僕たちは互いにあらわな姿を目にし、今はあと数週間、僕がここを立ち去るまで一緒に働かねばならない。それでも僕たちは大人として互いを尊重し、友人でいられるよう望んでいる」彼は肩をすくめたが、互いの相性のよさが大きな障害になるとわかっていた。「でもだからといって言い訳する必要はない。ノーで十分だ。僕は大人で、請け合ってもいい。僕は大丈夫だから」

ローマンは一歩さがり、サディに余裕を与え、この混乱に満ちた再会に境界線を引く心の準備をした。ローマンは打ちひしがれた表情で、首を振った。

あの情熱に満ちた女性はどこに行ってしまったんだ。ウィーンのホテルの部屋に入りきらないうちから、エレベーターから人けのない通路へと進む間も、二人の熱いキスがはじけ、部屋の鍵を持つ手もおぼつかなかった。サディは彼を貪欲に求め、彼もまたサディを求めた。セックスは一度ではすまなかった。

それでもサディだけがひそかに知るローマンの無防備な部分では、この偶然の再会を贈り物ととらえ、ウィーンで二人で見いだした紛れもない相性のよさをもう一度探索できる機会とみなしたのに対して、サディには明らかに一夜だけで十分だったようだ。

「待って」サディは言い、顔をしかめて指を一本彼に突きつけた。「私にやましいところはないし、私のせいでこの病院で悪者にされることもないわ。あなたはバレンタインの寄付金集めのボランティアで、女性とデートをする役を買って出たのだから」

驚くローマンに、サディは詳しく説明した。

「私は競売人役にされて、あなたを精力絶倫の色男みたいにオークションにかけることになってるのよ。男女の関係には不向きだと言っていたあなたに何があったのかしら。ウィーンで私に言ったことがほんとうなら、あなたとつき合うチャンスがあると思って熱心に入札してくる女性たちをだますことになると思わないの。言うまでもなく、あなたは喜んで寄付金集めの客寄せになり、私を飲みに誘ったりもするのでしょうけど。私がウィーンで会ったのはそんな男性じゃなかった、〝愛は求めない〟と言っていたのがお芝居でなければいいのだけど。今はどっちが偽りと言えるのかしら」

ローマンは顔をしかめた。サディは彼にだまされたと言って怒っているのか、あるいはオークションの落札者が彼とディナーをともにするのに嫉妬しているのか、それともオークションがちゃんとおこなわれるかどうかについてなど、関心がないのか。

「きみは僕が嘘《うそ》をついたと責めているのか」ローマンは唖然《あぜん》とした。あの夜、彼は自分に正直だった。彼は恋愛を求めたり、まして行きずりの関係を好むような男でもない。「もし僕にだまされたと言いたいのなら、きみがあのとき会ったのと同じ女性だと、僕は信じられなくなりそうだ」二人は向き合ったが、互いに怒りで息遣いが荒かった。あの夜、二人が分かち合ったものが跡形もなく消えうせたかのようだ。

「いいかい」ため息をつき、片手で髪をかきあげる。「ウィーンできみに嘘はついていない。そして、もちろん、僕はボランティアでオークションに出る」

断りきれなかったと言ったほうが正確だが。ばかげたことをする寄付金集めになど参加するつもりはなかった。だが強面《こわもて》のサミュエルズ看護師長がノーとは言わせず、さらに心の一部では、謎めいたバレンタインの恋人をいまだに忘れられずにいたために、彼女を忘れ、もう二度と会えないと受け入れる必要があった。善意でボランティアとして参加するのが、思い切るためには苦のない方法のように思えたのだ。

だがサディが心配する必要はない。昨年のバレンタインデーに彼が言ったことは本心だった。愛やロマンス、恋愛関係は、将来、結婚の約束や家族を求める人々のためのものであり、彼はすでに多くの人々が一生に経験する以上のものを見つけ、失った。

「そのとおり」サディは勝ち誇ったように言い、人差し指を彼の胸のまん前で振った。自分の言いたいことが見事に証明されたかのように。

ウィーンでサディに自分は恋愛には向かないとわかってもらうため、あれほど苦労したことを思い出し、今はまるで彼が積極的にパートナーを捜しているかのように思われて、ローマンは慌てて安心させようとした。「ただの寄付金集めだよ。僕は恋愛関係や〝結婚や子供〟とか、そういったことには興味がない。請け合ってもいい、あの夜、きみに言ったことはすべて、何も変わっていない」

ローマンはアンチ・バレンタイン・パーティで出会った一匹狼《おおかみ》のままで、まだ悲しみと孤独を乗り越えようとしていた。彼はまだ忘れようとしているところだった。あの雨の夜、飲酒運転の車によって破壊されるまで、かつてあった満ち足りた幸せな人生を彼は当たり前のように考えていた。

もしサディが、ベッドをともにした相手は彼女と同じく、愛や恋の感情のもつれにさらされることはないと気づけば、彼女もリラックスできるのだろう。ローマンが求めているのは気軽に飲んで礼儀正しく挨拶を交わすことで、生涯の約束などではない。そうなれば、最初の会話のような軽い雰囲気に戻れるかもしれない。このままでは何も先に進まない。

サディが言葉を失っているようなので、彼は話を続けた。「僕はただ〝デート〟をして――」今度は彼が指で引用符をつけるまねをする。「病院の寄付金集めに協力するだけなんだ」一度限りのディナーの間中、礼儀正しく話し相手を務めればいいのだが、彼は誰もが夢見るような男ではなかった。「ロンドンにそう長くいるつもりはない。数週間で次の任地のアイルランドに赴任する。僕がずっと代診医をしている理由は、一つところに根をおろすことに興味がないからだ。何と言ったかな？　転がる石に苔《こけ》は生えない、だったかな」

落ち着きを取り戻すどころか、サディはかすかに青ざめ、渇きを覚えたようにごくりと喉を動かした。「どこにも根をおろさない……よかった。いいニュースね。すばらしいわ」口元にはっきりと明らかな作り笑いを浮かべ、ブラウスについた染みを払うまねをする。「だって、あなたとのデートが寄付金集めのオークションで目玉になってるときに、その結婚したくなる病院一のドクターがほかの女性と遊び歩くのはどうかと思うもの。今のファミリールームとプレイルームには絶対に改装が必要だし」澄まし顔でつけ加える。「私もオークションが大成功して、お金ができるだけたくさん集まるように協力するわ……」ほとんど息も切らさずそう続けた。

言い訳めいた言葉ばかりで、はっきり答えないサディに、ローマンは内心困惑した。これほどちゃんと答えない人物には会ったことがない。今のサディは自分の気持ちについて何も語っていない。

「誰もあなたとのデートに値をつけなくなると困るもの」サディはその考えに慌てたように、さらに続けた。「あなたが手当たり次第に、あらゆる女性と出歩いてるのを見られたら、だけど。その点ではオークションの夜、もっと魅力をふりまく必要があるかもね。〝何の約束もしない〟なんてスピーチはしないほうがいいわ」また指で引用符をつけるまねをする。「入札を思いとどまらせたくないから……」

ようやくサディは言葉が尽きたのか、挑発するように顎をあげ、かわいい目をきらめかせた。

「遊び歩くとは、どういう意味かな?」ローマンは口元をゆがめ、そんなことはありえないと確信しながらも、これは嫉妬かと改めて興味をそそられた。

サディの中にはまだ、彼がほかの女性と出歩くのを見たくない部分があるということか。

さらに複雑なメッセージを発しているわけだ。

ちょうどそのときポケットベルが鳴った。サディは画面を確認し、目に見えて体の緊張が解けた。ようやく彼から離れる口実ができてほっとしたように。

「よく考えてみて」サディは言うと、ローマンのそばを通りすぎ、ドアノブに手を伸ばした。「患者を退院させないといけないから、これで失礼するわ」

二人の問題は何か一つでも解決しただろうか。

「もちろん」ローマンは脇にどきながら、忘れてしまおうとして混乱する気持ちと、明らかに二人の間に通い合う今も進行中の相性のよさに、どう折り合いをつけたらいいのか苦労していた。

行きずりの関係を持った女性の中には、ローマンを変えられるとでも思ったかのように、彼との関係に執着してくる者もいた。それでも彼はサディのときと同様いつも正直に自分の気持ちを伝えてきた。

誰とも約束を避けるのは彼の人生の選択ではなく、愛するものをすべて失った男の自衛本能だった。

だがこの女性はまるで他人同士に戻ることしか望んでいないかのようだった。ドアノブを力任せに引っ張り、明らかに堂々と立ち去って、ローマンに彼の立場を正確に知らせようとしている。

だがドアは動かない。サディはもう一度引っ張り、唇が開いて、いらだったうめき声がもれた。

ローマンは笑みを押し隠した。ばかげた意見の食い違いはあっても、それが何なのか、彼にはどうしても判断がつきかねたが、動揺しているときでさえ、サディは彼の興味を引いた。

サディは慌てたようすでドアノブに両手で取りすがり、まるで部屋から出るのに生死がかかっているように、指の関節が白くなるまできつく握りしめた。目にかかる髪の房をふっと吹き飛ばし、木のドアから取りつけねじを引き抜かんばかりにノブを揺する。

サディがすぐそばにいて、ローマンには香水の香りさえ感じられた。彼女をくるりと振り向かせてドアに押しつけ、キスをむさぼる場面が一瞬目に浮かぶ。そんな混乱した幕間《まくあい》劇で、よくつかめない彼女の本心がどっちなのか、はっきりわかるまで。

もちろん彼がそんなことをするわけがない。彼女ははっきりさせたのだ。二人はもう終わっていると。

彼の防御の下に入り込んでいた妄想もここまでだった。二人で飲みに行き、奔放に惹かれ合う気持ちをさらに深めて、ロンドンでの数週間を、気軽なつき合いを再開して楽しむという妄想だったのだが。

「僕がやってみよう」彼は言った。サディは相変わらず、ドアと勝ち目のない闘いを続けている。

「そうね」サディはむっとしたようすで言い、ドアノブから手を放すと脇にさがった。それでも部屋の大きなデスクが邪魔をして、遠くまで離れられない。

ローマンは冷たい金属のドアノブを握り、泡の中に閉じ込められたような、二人だけの狭い空間にいる気がした。彼は思わず身構えて待った。二人ががかげた不必要な対立をし、一緒にオフィスに閉じ込められてしまうという状況で、かつて二人がふざけ合っていたとき、いとも簡単に自然にわき起こっていた笑い声がはじけるのではないかと。ローマンは下を向き、サディは上を向き、視線が絡み合った。

あの夜のエロティックな記憶が次々よみがえり、サディの香水はあの夜、ローマンが彼女の香りを肌に残したまま部屋をあとにしたことを思い出させた。

サディの唇が開いてあえぎ声がかすかにもれ、息遣いが荒くなった。二人はじっと見つめ合ったままでいた。まばたきをしてサディが彼を見あげている。

ローマンはサディの口元に視線を落とし、めくるめく最初のキスの味を思い出した。もう一度飲みに誘おうかと、唇を動かしかけた。いや、もういい。

彼の手の中でドアノブが動いて、ドアが静かに開いた。「どうぞお先に」

「ありがとう」サディはそう言うと視線をそらし、病棟へと急いだ。ローマンは去っていくサディを見つめ、落ち着かない気持ちが戻ってきた。

そう、サディは亡くした妻以来、唯一彼の心の中に入り込み、居座ってしまった女性だった。それでも、二人は同じ病院で働く同僚で、礼儀正しく接する見知らぬ者同士以上の何者でもない。

ローマンはあの夜、サディの腕の中で、孤独からつかの間解放されたが、今は情熱の火花を無視し、数週間、彼女を避けねばならない。白日夢のサディと現実のサディはまったく違う女性だった。そのどちらも彼との関係を望んでいない。だから、それでまったく好都合だと彼は思うべきなのかもしれない。

4

その日の午後、手術室の受付係に病院のセキュリティタグを見せながら、サディの胃はきつく締めつけられ、気分は最悪だった。ローマンとのやりとりをどうしてあんなに見事なまでに台なしにしてしまったのだろう。謎の恋人がデート・オークションにかけられる病院一のセクシーな男だと、サミーから聞いてわかるまで、サディの頭の中ではすべてがはっきりしていたのに。簡単な計画だった。彼がロンドンにいるのに驚き、個人的に話があるから職場以外の場所で会おうと提案し、そしてさりげなく彼に伝える。二人の情熱の一夜が、彼の青い瞳とサディの笑みを合わせ持つ、かわいい奇跡の女の子を産み出したのだと。簡単だった。

サディの想像の会話の中では、彼はその知らせを喜び、何のしがらみもないセックスのあとで連絡のとりようがなかったと理解してくれる。二人は見知らぬ者同士がベッドをともにした軽率な行為を笑い合い、運命が再び二人を巡り会わせてくれた幸運を喜んだかもしれない。ローマンはサディがミリーをどんなに愛しているかを知り、もちろん二人とも娘の親として互いに認め合い、数週間一緒に働いて、彼がロンドンを去るとき、友人同士として別れる。

なのに、サンシャイン病棟での話は、サディの計画どおりには何一つ運ばなかった。まず、サミーや鋭い眼力のほかの看護師が、サディがローマンに告げる前に、二人が一緒にいるところを見て、彼がミリーの父親だと見抜いてしまうのではないかと恐れてしまった。さらに、サディはあの狭いオフィスでひどく間近に彼を感じたせいで、閉所恐怖症になったようにうまくしゃべれなくなってしまった。彼の堂々とした長身の体とたくましさは、二人が親密に求め合ったとき、彼がサディの首筋にうめき声をもらし、どんなに激しく彼女をむさぼったかを思い出させた。サディはローマンにさらに惹《ひ》かれて声をもらし――彼は十一カ月前よりももっとセクシーになっていた――彼とほかの女性のデートを取り持たねばならない予期せぬ嫉妬心を抑えようとして、すっかり慌ててしまい、長々と言い訳を並べてしまった。

サディは最初、ウィーンで彼は独りでいたいと言って嘘《うそ》をついたのだと思い、傷ついていた。それから彼は家族を持つことに興味がないとはっきり告げ、その基本ルールを明らかにしたうえで、サディを飲みに誘った。まるで体の関係を持ったところから再びつき合いが始められると期待しているかのように。

何の約束もない最高のセックス？　そのとおり！

恋愛関係……家族？　とんでもない！

彼は一匹狼《おおかみ》で、転がる石。サディがまだ彼に惹かれている事実など、この際、関係ない。

明らかに、サディの人生を大きく変えてしまったニュースを、冷静かつ理性的に伝える計画は台なしになってしまった。ニュースは、仕事上の友好的な関係を築くチャンスをふいにしてしまうかもしれない。告白せねばならないことを適切なときに適切な言葉で言わねばならない重圧のせいで、ついよけいなことを口走ってしまった。娘の養育についても、サディは感情的にも、経済的にも、彼には何も要求しないとわかってもらうつもりだった。サディはただ、ミリーの存在を知ってもらうだけで十分だった。

サディは気を取り直し、今度はきちんと使命をはたすと心に決め、手術室のスタッフルームを目指して両開きの扉を突き進んだ。手術の合間にローマンに会えればいい。そのあとミリーのもとに帰るつもりだった。ローマンが娘の人生にどれだけかかわりたいと思おうと、彼には自分が父親だと知る権利があるのだから。スタッフルームの入り口へと通路を曲がりながら、サディは告白すべきことの多さに気を取られ、さっきのみじめな会話のあとでローマンはどう反応するだろうと考えをめぐらせていた。そのせいで、分厚い男性の胸にぶつかってしまった。

サディは肺から空気を奪われ、息をつまらせた。

力強い両手がサディの二の腕をつかんで支える。

ほのかにセクシーなアフターシェーブの香りがして、サディは顔をあげ、その男性の鋭い視線と目を合わせた。ローマン・イエジェク。官能を帯びたその名の響きに、まだ慣れることができない。

「ごめんなさい」サディは低い声で言い、手術着姿の彼から目が離せずにいながら、それがどんなにセクシーでも、無視しようとした。

それでも、サディがこの場にやってきた理由は、彼にまだひどく惹かれている自分を前にすると、消えてなくなってしまった。頭の中にあったのは、彼がサディを飲みに誘いたがっていたことと、オフィスのドアを開けようと必死になっていたとき、ありえない、胸が騒いだあの一瞬、彼がサディにキスしそうに見えたことだった。

だめ、そんなことを考えては。

「大丈夫か？」彼は尋ね、本能的に気遣うように、頭をさげて、サディの顔をのぞき込んだ。

サディは心臓が肋骨《ろっこつ》に激しくぶつかり、彼もこの鼓動を感じているのではないかと思いながら、うなずいた。二人が裸で抱き合い、情熱に我を忘れ、彼の固い胸にぴったり寄り添っていたときのように。

なぜローマンはサディを押しのけないのだろう。なぜサディは自分から動こうとしないのだろう。

「大丈夫……私は大丈夫だから」サディはつぶやいたが、感情が高ぶって赤ちゃんのことを口走りそうなとき、うまく話ができるか自信がなかった。

それでも、混み合うスタッフルームの外の通路で、自分が父親だと知らされるのはフェアではない。午後にはまだ手術が残っているに違いないのに。

「あなたを……捜してたのよ」情けない声しか出ず、サディは顔をしかめた。ローマンを再び身近に感じると、一夜の恋人だった彼とのこの場にふさわしくない記憶が、小さな電気ショックのようにサディの体を襲った。唇にキスするとき、彼がどんなふうにサディの顔を包み込んだか。彼の情熱の激しさは、まるで長い間、誰とも親密になったことがないかのようだった。別れのキスを交わしたとき、ほんの一瞬、彼の目に後悔の色がよぎったことも。

二人の赤ちゃんが体の内で育つにつれ、サディはこんなふうなシナリオを思い描いていた。二人がいつかもう一度出会って、互いに惹かれ合う力がはるかにもっと強くなっているところを。

それに愛《いと》しいミリーを忘れてはならない……。

「なぜ僕を？」彼は尋ね、ようやくサディの腕から手を放し、広い胸の前で腕を組んだ。「言うべきことはさっき全部言ったと思ったんだが」

なぜ私はここに……？　ああ、そうだった！

「たくさん話したけど……まだ話すことがあって」

言いたいことはまだたくさんあった。でも今はまず謝り、彼の提案に応えて飲みに誘い、さりげなく話を進めて、何としても、二人で一つの命を授かり、サディは頭の中がまっ白になってしまったと伝えねばならない。

「言ってくれ」ローマンは言った。

今度は神経質になっておしゃべりが止まらなくなったりしないと固く心に決め、サディは咳払《せきばら》いをし、平静を装った。「考えてみたのだけど、二人で飲みに行くっていうあなたのアイデア、気に入ったわ」

サディはほっと胸をなでおろした。メッセージをなんとかうまく伝えられた。

「ほんとうに？」疑い深げな表情で、今朝の穏やかで友好的だったローマンは跡形もなくなっていた。

サディは彼に断られるとは思っていなかった。詳しく説明しようとして、謝罪の言葉を口にする前に、看護師が一人、スタッフルームから出ていった。サディとローマンを押しやるようにして通りすぎ、まだ出入り口の一部をふさいでいた二人は、再び胸と胸とがふれ合わんばかりに近づいていた。

「きみの忙しいスケジュールや言い訳の数々、それに僕が客寄せの雄牛みたいにオークションにかけられる事実については、もういいのか？」彼は二人が近づきすぎていることなどまったく気にしていないようすで、サディは裸で彼の腕の中に押し込められているような感覚を必死で忘れようとしていた。

サディはたじろぎ、手術着のVネックの胸元からのぞくセクシーな胸毛から目をそらし、さっきぐずぐず迷ってしまったために、彼に反撃を仕掛ける余裕を与えてしまったと後悔した。

「言い訳はもうしたわ」サディは言い、この場で爆弾宣言を口走り、駆け去ってしまえたらどんなにいいかと思った。それでも、この忙しい病院の通路は深刻な話ができる環境ではない。サディは、相手が知らないうちに父親になっていたと伝えるのに適当な場所はないかと必死で考えをめぐらした……。

「さっきはごめんなさい」サディは言い、脇にどいて出入り口をふさがないようにした。「自分が働く病院に、ランプの魔神みたいに急にあなたが現れたのを見て、ちょっと驚いてしまって……」片手を彼のほうに振る。「心臓発作を起こしそうなくらいゴージャスな手術着姿で……」

彼は落ち着いたようすで一方の肩を壁にもたせかけ、口元に笑みを浮かべた。「ゴージャスな？」

サディが顔を赤らめると、ローマンの視線がかすかに和らいだ。サディは彼の共感が得られるかもしれないと思ったが、彼はこう言葉を続けた。

「きみは僕たちがつき合うのはふさわしくないと思っているのに、なぜ急に心変わりをしたのかな?」

サディは唇を噛《か》み、間近で感じる彼のセクシーさと、理解できた彼の反論の両方に、もっと前もって準備をしておけばよかったと思った。

「あなたも言ったじゃないの」サディは肩をすくめた。必死でいるのを彼に気取られないように願った。「私たちが同僚だからよ」サディはクールでよそよそしいこのローマンには、まだ率直に心から弱みを見せることができなかった。二人の間に赤ちゃんができたと話すのは、まだ難しい気がする。代わりに彼女は甘くほほ笑んだ。「誤解を解いておくべきじゃないかしら、あの……あとだし」

サディは首筋を熱くしながら、最後の言葉をささやいた。あのすばらしいセックスについて、病院のスタッフに聞かれるかもしれないところで話したくなかった。もう繰り返される機会もない、あのセックスについては考えたくもない。それでも、サディが考えてしまうのはセックスのことで、二度目も同じようにすばらしいかどうか確かめる機会をむだにするのは、いかにばかげているかということだった。

彼が目を細めてサディを見つめる間も、時間は刻々と過ぎていく。ここに立って二人で話す時間が長くなればなるほど、サディが知る誰かに見つかり、赤ちゃんのことをきかれるリスクが高くなる。

彼の赤ちゃんだ! サディが一番避けたいのは、二人に娘がいると彼に知られてしまうことだった。

「それで、話ができるの、できないの?」サディは出入り口であとずさりをしながら、心の中で渦巻く感情の嵐を顔に出さないようにした。ほとんど懇願せんばかりで、彼の反応を恐れ、彼の魅力から逃れようと必死だった。二人で過ごす時間が増えるほど、彼に惹かれる気持ちが強まっていく。

体の内で騒ぐホルモンが拷問のようだった。さらに胸がきつく張って、家に帰ってミリーに授乳しなければならないと告げている。

ローマンが頼み込むようなしぐさで両手をあげ、サディのそばに近づいてきて、そっと言った。

「いいかい、サディ、僕は単純な男で、あと三週間半ここで仕事をし、次の任地へ移っていく。どんな……複雑なことにもかかわりたくないんだ。それはウィーンで、きみも理解していたはずだが」

サディは凍りついた笑みを顔に張りつけたまま、彼の望みが何かわかった――何の約束も、しがらみもない、どこにも根をおろさない関係だ。まったく相いれない。複雑さの点で、子供は究極だった。彼はウィーンで出会ったときと同じ男性で、同じ優先順位を持っているかもしれないけれど、サディにとっては、あれ以来、すべてがよい方向に変わった。

それでもローマンの自由奔放で気楽な態度を思い出すと、彼と再会して以来、ばかげた空想にふけっているサディをあざ笑っているようだった。二人はまたつかの間、恋人同士に戻れるかもしれない、あるいは円満な共同親権の道を見つけられるかもしれない、そんなサディの希望は湿った紙のようにずたずたにされてしまった。男性について、サディは自分の直感を信じるべきではなかった。マークの残酷な裏切りが、サディには貴重な教訓となっている。

サディのこめかみに鈍い痛みが脈打った。

「だからきみは、自分の気持ちをはっきりさせることだ」彼は話を続け、両腕を組んだ。「望みは何か言ってくれ。僕は駆け引きには興味がない」

「もちろんよ」サディは言った。内心はせっぱつまっていた。彼に誘われたとき、飲みに行くと応じていれば、今、卑屈になる必要もなかったのに。「二人きりで話がしたいの、病院以外の場所で」

ばかげた誘いだった。サディは純粋にプラトニックな気持ちでローマンを飲みに誘っていた。実際はまだ彼の服を引き裂いてしまいたくても、そんなことはできずにいるのに。ローマンはサディをなおも苦しめて、まだ納得のいかない表情を浮かべている。

「正直に言うと――きみは僕がウィーンで会った女性とはまったく別人のようだ。逃げ腰で、ものをはっきり言わず、何を望んでいるかわからない……」

サディはぽかんと口をあけ、彼が今の自分をはっきりと言いあてたことに唖然《あぜん》とした。でもサディは変わった。彼女は今、母親なのだから。彼の娘の。

「私は同一人物よ、一つ年を取って、賢くなっただけ」あの夜の彼女も、嘘ではなかった。そう、二人の相性がよすぎて何も考えられなくなった。でも、あんな情事を期待しているわけではない。

彼は眉をひそめた。「病棟でもっと早い時間に」低く、落ち着いた声で言い、サディをいらだたせる。

「感じたんだが……英語で何と言ったかな……」彼は天井に目をやって言葉を探し、ようやく見つけたのか、指をぱちんと鳴らした。「きみから敵意を」

サディはさらにぽかんと口をあけた。「敵意？」

彼はうなずき、サディをさらにいらだたせた。

「僕たちは大人の振る舞いができると思ったのに、きみは僕の誘いに応じず、すぐ気を変えたりする」

「〝敵意〟はないわ。〝慎重〟なのだと思う。私たちの仕事上の関係を尊重しているつもりだけど」

だがもちろん、サディが彼に応じなかったのは恐怖や緊張、パニックからで、すべてが一度に押し寄せてきて、ただ言い訳するだけで精一杯だったのだ。

彼は愉快そうに口元をゆがめ、サディを見つめた。

「その言葉の意味を調べがてら、〝遊び歩く〟という言葉の意味も調べてみるよ」

サディは彼から距離を置こうとしたが、二人ではかげた口論をしていたと気づいて頭を振って笑い飛ばした。顔をあげると、ローマンもほほ笑んでいた。

「それで飲みに行くの、行かないの？」サディは尋ね、震える息を吸い込んだ。というのも、今、目の前にいるこのローマンこそ、サディがウィーンで愛し合った男そのものだったからだ。率直で、言いたいことをはっきり言い、知的で面白くて、自分に娘がいるという知らせにも、積極的な反応を示すに違いないと思えるような。違うだろうか……？

もし彼が、ミリーを望まなかったら？　サディにとって、娘はどんなに大切な奇跡のような存在でも。

ローマンが身を寄せてきて、笑みが消えた。「こんなロマンティックな誘いを断れるわけがない」

彼がサディの口元を見つめていた視線をあげ、二人の視線が絡み合った。

「ありがとう」震える指でポケットから紙片を取り出し、彼に押しつける。「私の番号よ。ここからそう遠くないところにバーがあるわ。私は明日は非番だから、夜は何時が都合がいいかメールで教えて」

彼はうなずき、読めない表情で、その紙片を手術着の胸ポケットに入れた。

ちょうどそのとき、外科の技師が現れて二人の間に割って入り、二人は身を離し、再び距離を置いた。

「お待たせしました、ドクター」その男性が言う。

「メールで知らせる」彼はサディに言い、歩み去る前に、強烈な焼き尽くすような視線を彼女に向けた。

サディは新たなホルモンの噴出に見舞われ、立っていられないほど疲れはてていた。彼が視界から消えるまで待って、壁に力なく身をもたせかけた。アドレナリンのかけらも残っていない。この渇望は最悪で、予想以上だった。なぜなら二人の相性がどんなに根強く、激しくても、サディは彼を同僚として、赤ん坊の親として見なければならず、それ以上の存在ではないからだ。渇望もキスも、そして絶対に、あんなにすばらしいセックスもありえないからだ。

5

翌日の夕方、病院の近くの小さな居心地のよいバーで、ローマンは立ちあがり、入ってきたサディを迎えた。彼の神経は興奮でざわついた。サディは黒のジーンズに赤いトップス、耳にはシルバーのフープリングをつけ、見るからに人目を引いた。

アイロンをかけたばかりのシャツに片手をなでつけ、ローマンは彼女の前に進み出ながら、自分に言い聞かせていた。どんなに二人が着飾っていようと、これは決してデートではない、と。それでもローマンの目はサディの体の上をさまよい、形のよい胸と、細いウエスト、そしてヒップの曲線をとらえていた。

ローマンはうめき声を押し殺した。サディが気づいたのでほっとし、彼女がためらいがちに笑みを浮かべると、さらに目が離せなくなった。好意的な視線が彼にさっと向けられ、こっちに歩いてくる。

どうしようもなく惹《ひ》かれ合う気持ちが、二人にはまだ残っている。かつてはそれが二人を他人同士から恋人同士にまで変えた。「やあ、今夜はとてもゴージャスだな」ローマンは昨日、手術室のスタッフルームの外で、サディに言われた言葉を口にした。

「今夜はありがとう」サディは言い、ローマンが引いた向かいの椅子に座った。表情が不安げに陰り、彼同様、サディも緊張ぎみだった。「来てくれて」

「何でもないさ」ローマンはバーに向かいながら、ある決心をしていた。彼はサディに説明するつもりでいた。なぜ気軽なデートしかせず、職場を移動し続けねばならないのか、そして、なぜ彼は〝理想の結婚相手〟ではありえないのかを。

ローマンの過去の話は楽しいものではないが、サディの心をすっかり落ち着かせ、二人の間の期待感をコントロールし、同僚として、友好的な関係を築けるようになるかもしれない。互いに惹かれ合う同僚には、欲求の炎を鎮める消火剤が必要だった。

ウエイターが現れて飲み物の注文を取ると、また立ち去った。しばらくの間、二人はテーブル越しに黙って向き合った。ローマンがプライバシーを考えて選んだ窓際の二人がけのテーブルで、まるで二人で飲んで新たなスタートを切ろうとしているみたいで、昨日の誤解のあとで、どちらも間違ったことを口走らないようにしているかのようだ。

「すまなかった――」

「あなたに謝りたくて――」

二人で同時に口を開くと笑い声をあげ、緊張がほぐれた。

「お先にどうぞ」ローマンはテーブルに両腕を突き、ガラス瓶の中のキャンドルの炎越しにサディを見た。

「昨日のことを謝りたくて」サディはうつむいた。「あなたとまた会って慌ててしまって、勤務中に」

ローマンもうなずき、髪をいじる彼女に見とれた。息をのむ美しさで髪が優しく波打ち、手ですくいあげて顔に近づけ、香りを吸い込んでみたくなった。

「僕もだ。わかるよ。二人とも正直になれてよかった。あの夜、ウィーンで仕事の話をしていればと思うよ。僕はあの病院で非常勤の代診医をしていた」

サディは笑みを浮かべ、二人のうかつさに目をくるりとまわした。「私はあの日、小児医療の進歩についての医学会議に出席していたというわけね」

ローマンはリラックスした。落ち着いて、率直なサディが戻ってきた。そんな彼女を見て、血中にエンドルフィンが分泌され、気分が穏やかになった。

それでもサディがほほ笑んだとき、その目の輝きに気を取られても、自分の目的は忘れなかった。

「サディ、きみに説明する義務があると思うんだが

「――二人が出会ったあの日、僕はきみに洗いざらい打ち明けていなかった」サディは手を振り、謝罪の言葉などやめるように首を振ったが、ローマンは同僚として仕事を続けていくには、すべてをさらけ出しておく必要があると思った。体が惹かれ合う力はいずれ薄れていくだろうし、そうはならなくても、アイルランドで次の代診医の職に就けば、離れて暮らすことで、執着心は最後には癒やされる。「頼む、これだけは言わせてくれ」ローマンは懇願した。

サディは身をこわばらせ、瞳が再び不安で陰った。

「僕は出会う人ごとに何でも話すわけじゃない」震える息を吸い、自分が失ったものについて話さねばならないときいつもするように覚悟を決めた。「でも、きみには話すべきだし、知っておいてほしい」

サディはうなだれ、顔を赤らめた。「ローマン、私に説明する義務はないわ。実際、私にも――」

ローマンは片手をあげ、さえぎった。「説明させてくれ。僕のことがもう少しわかるようになる」

「わかったわ」サディは、か細い声で応えた。

ウエイターが注文した飲み物を持って戻ってきて、ローマンに心の準備をする暇ができた。思い出すのがどんなにつらくても、この告白でサディとの間の気まずさがなくなればいいと望んでいた。サディにはウィーンで会ったときと同じく、彼がロマンティックな関係など求めていないとわかってほしかった。

バレンタインデーに独りでいたがるような男だと。

「僕は以前、結婚していた」ウエイターが立ち去ると、彼は言った。なじみの鈍い胸の痛みに身構える。そのときどきで痛みの強さは違ってくるが、完全には消えず、決してなくなりはしないだろう。

「そうなの……」サディは抑えた声で言い、テーブルの中央で揺れるキャンドルの炎に視線を落とした。

「妻は四年前に亡くなった」ローマンは言い添え、早くこの話を切りあげたがっているようだった。早く伝えて衝撃を少しでもやわらげたいのだろうか。

サディは顔をあげた。「お気の毒に」ささやき声で言い、まなざしには恐怖と同情がうかがえた。

ローマンは頭を振り、最後に誰かに心を開いたとき、どんなだったか思い出そうとした。「以来、僕は独りでいがちで――二人がバレンタインデー嫌いとわかったあの夜、きみが会ったのはそんな男だ」

サディは本能的に慰めようとして、テーブルの上のローマンの手を、自分の手で覆っていた。

その感触に、ローマンの体はおののき、悲しみと興奮の間で激しく揺れ動いた。

「説明させてくれ」ローマンは続け、サディが理解を示してくれたのに安堵《あんど》した。「病気の子供たちを救う寄付金集めの善意のために、一夜限りのディナーデートの賞品にはなってもいい。だが僕は決して、体の関係を持つことに興味はない」

サディはまばたきを始め、深く顔をしかめた。

「あなたは悲しんでいるのだから」自分に言い聞かせるように言う。潤んだ目がきらめいている。「ほんとうに、これ以上説明する必要はないわ」

「わかってる、だがまだ話がある」彼はきちんと髭《ひげ》を剃《そ》った顎を片手でなで、ひと呼吸置いて気持ちを落ち着けると、サディにすべて打ち明けようとした。

サディはうなずき、不安げに目を見開いた。

ローマンは心の大部分では、まだ事実だと受け入れられずにいる言葉をどうにか口にした。「僕には六歳の息子がいた。事故があった夜、息子は妻と車に乗っていて、二人とも亡くなった」

あまりのショックに、サディの顔から血の気がうせた。片手でローマンの手を握りしめ、もう一方の手を口元に押しあてる。「ああ、何てこと。お気の毒に、ローマン。何て言ったらいいかわからない」

目には涙があふれ、悲しみが止まらなかった。

ローマンがサディの手の下で手を返し、手のひらと手のひらを合わせた。親密な行為を思わせる自然なしぐさだった。「何も言わなくていい」

悲しげな笑みを浮かべ、ローマンはこの思いやり深い女性に、自分の気持ちを隠そうとしなかった。自分でも驚くほど、深い心のつながりを感じていた。

だが今、彼女はローマンの人生で最も暗い時期について知った。彼の目を見つめながら、サディはごくりと喉を動かし、懸命に平静を取り戻そうとした。

「きみには正直でいようと思ったんだ」ローマンは続けた。「これ以上、誤解を避けるために。もちろん、きみは職場の同僚以上の存在で、僕たちが一夜をともにしたことは忘れようとしているわけだが」

サディは目をそらしたが、落胆した表情は隠せなかった。ローマンもまた気のめいるむなしさを感じていた。二人の相性のよさを無視しようと必死で、強く惹かれる気持ちは別にしても、彼はサディが好きで、尊敬もしていた。彼女に心を開くのはいい気分で、二人の距離を縮めてくれた。

「もうわかったと思うが、僕はストーカーでも、嘘《うそ》つきでも、遊び人でもない。去年、僕たちが意気投合したのはバレンタインデーには何の関心もないとわかったからだ」ローマンはほほ笑み、自分の告白がサディには打撃ではなかったのかと心配した。

「もちろん、今年のバレンタインも同じ気持ちだよ。でも僕に何が言える……？　オークションについてサミーにノーと言うのはとても難しい。僕がここに着任した初日に、彼女に無理に頼まれたんだ」

「ええ……事情は聞いたわ……何もかも」サディは青ざめ、動揺したようすで椅子の上で身じろぎし、セーターの首元を引っぱった。「話したくなければ話さなくていいけど、このことにどう対処するつもり？」戸惑ったようすで、ささやき声で尋ねる。

「プラハでの家庭生活の記憶を思い出さずにすむので」ローマンは認めた。「代診医の仕事が僕には合っている。移動を続けて、人生を単純にできる――働いて、寝て、その繰り返し」

「転がる石ね」サディは顔をしかめ、握り合ったままの手を見おろした。まるで互いに傷ついて慰め合っているかのようなのが照れくさくて、彼の手から自分の手を放し、震える手で飲み物をひと口飲んだ。

「聞いてくれてありがとう」ローマンは言い、この話題は今後一線を引いてほかとは区別しようと考え、一方で、サディにふれられていない手の冷たさに気を奪われないようにした。「今後数週間、何の……気まずさも感じず、一緒に働けたらと思っている」

では、二人は友人同士になれるのか？　どうやって彼女に惹かれる気持ちを切り替えたらいいのか、彼には見当もつかなかった。

サディはうなずき、笑みを浮かべたが目までは笑っておらず、背筋をまっすぐにして座り直した。

「もちろん望むところよ。とてもいいと思う」とても確信ありげには聞こえず、どこかうつろに響いた。

「すまない。今度は僕が話を聞く番だ」ローマンは言い、サディがどうして飲みに行くのに応じたのか思い出した。「きみの邪魔をしてしまった。何か話があったんだろう？」励ますようにほほ笑みかける。

心臓の鼓動が猛烈な勢いで打ち、サディは気を失い、顔からキャンドルに突っ伏して髪を焦がしてしまったらと心配になるほどだった。それでも、ローマンの悲しい告白を聞いたあとでは、そんな恥ずかしいことになっても、今夜彼を飲みに誘ったほんとうの理由を打ち明けるよりはましなのかもしれない。ミリーの話をすれば、傷ついた彼の目にはっきりと宿る悲しみが、さらに大きくなるに違いない。

弱々しい笑みをローマンに向けながら、サディは動揺しきった頭で、代わりになる話のねたを探した。

「私は……あなたの経歴を聞いておきたくて」サデ

ィは携帯電話を取り出し、必死で口実をひねり出そうとした。「寄付金集めのパーティ用に、あなたから聞き取ってメモしておこうと思って。オークションのとき必要になるでしょうから」寄付金集めのパーティなど、もうささいなことに思える。

「もちろん」ローマンはリラックスしたようすで肩をすくめ、揺るぎない視線をサディに向けた。

サディはまばたきして、目にしみる涙を払った。ローマンの悲しみと、それが娘との関係にどんな意味を持つか、ずっと頭から離れなかった。

ローマンがサンシャイン病棟に現れてからというもの、サディは彼がどんな父親になるか、娘とどんな関係を築くか、空想にふけってばかりいた。ただ、今知ったことからすると、彼がミリーとかかわりたがる保証はどこにもなかった。さらに悪いことに、なぜそうなのかサディにはわかる気がしていた。

ただ一人の子供とパートナーを悲惨な事故で失うなんて、どんなに悲しいことだろう。新米の母親として、サディは彼が耐える心の痛みを想像するしかなかった。残された者にとって、この上ない悪夢だろう。サディが想像したように、彼は責任のない人生を楽しむために、恋愛関係も家族の絆《きずな》も断ち切ったのだ。彼は自衛手段として感情のもつれを避けようとしている。サディにもそれはよく理解できた。

サディは携帯電話に集中し、メモのアプリを開いた。「では小児科のキャリアを選んだ理由は？」用意した質問リストを読むふりをして、尋ねる。

サディをじっと見つめるローマンのまなざしは秘密はすべて読み取れるかのようで、サディをおののかせるだけでなく、体を熱く、いたたまれなくした。

「叔父がチェコ共和国で外科医をしているんだ」目に深い愛情をたたえて言う。「僕も成長するにつれ、人々を助けたいと思うようになった。外科医になる勉強をして、小児外科を専門にするようになった。

この仕事がとても気に入っている」

　ローマンの表情が生き生きとしてきた。彼は病気の子供たちのために働ける特別な人なのだ。それでも、仕事中に自分の息子を思い出す瞬間もあったに違いない。すでに彼が示した印象的な献身ぶりや思いやりが、まったく新しい視点で見えてきた。

「この仕事が狭い範囲にとどまらないのが好きなんだ」彼は話を続け、目には魅惑の輝きが宿っていた。「昔は成人の一般外科もそうだっただろうが、今は専門が細分化されてしまい、すたれてしまった」

　サディはうなずき、携帯電話に簡単なメモをとった。彼の話す、あらゆる言葉が記憶に刻まれ、神経が高ぶってくる。小児科への彼の熱意がサディの心をつかんで離さず、興味をかきたてた。サディがどんなに強く願っても、二人の惹かれ合う力は決してなくならない。それを断ち切る方法さえあれば、ローマンをミリーに会わせることに集中できるのに。

「代診医の仕事は狭い範囲にとらわれなくていいわけね」彼が移動を続けるのは痛ましい記憶から逃れようとしているのだとわかっても、サディはもう驚かなかった。彼がロンドンを去り、二度と会えなくなれば、サディもミリーも胸にぽっかり穴があいたようになるだろう。サディとグレースは二人とも両親とは親密な関係にあったし、サディはミリーのためにも同じような親子の関係を望んでいた。

　ところがローマンには再び家族を持って根をおろす気はなく、サディはそれを責められなかった。

「四年前までは」ローマンの話が続いていた。サディはあふれる感情から何とか立ち直ろうとしていた。「プラハを離れようなんて考えてもみなかった。僕は運がよかったんだ」彼の視線に悲しげな表情が戻り、サディはもっと気をつけて質問をすればよかったと思った。「僕はすべてを持っていた。好きな仕事。愛情深い結婚相手。家族……」やがて彼の世界は崩壊した。決して癒えないかのような多大な損失だった。彼は愛を探しているのではなく、すでに見つけていたのだ。二度と手に入らないような愛を。サディの心の痛手は大きかった。愛する娘には、このすばらしい男性を知る機会は一度も訪れないかもしれない。最愛のミリーをローマンが拒絶したら、いくらサディが彼の気持ちが理解できたとしても、誰もが傷つくことになる。痛みに満ちた記憶がサディの頭をよぎった――告げられた診断結果に呆然《ぼうぜん》とし、子供が持てたらとあこがれた年月、マークに浴びせられた暴言の数々。〝もう終わりにしよう。別の相手を見つけた。彼女は妊娠している〟

「きみはどうなんだ?」ローマンがきいている。サディの動揺や、未熟な自分がぼろ人形のように思えた気持ちなど、彼は知るよしもない。「ずっと子供たちのために働きたいと思っていたのか?」

サディは目をそらし、瞳に宿る娘の影に気づかれるのを恐れた。でも母親の本能とも言える心の一部ではミリーのために闘い、立ちあがって言いたかった。〝あなたの苦しみはわかるけど、あなたにはかわいい娘がいて、父親に会いたがっているのよ〟と。

「それほどでもないわ。いつも医師にはなりたいとは思っていたけれど」サディは咳払《せきばら》いをし、防御を固めるローマンのやり方に理解を示しながらも、サディにとっては無上の喜びでしかない、無垢《むく》な赤ん坊への心の痛みも感じていた。

もう遅すぎる。ミリーがすでにいるのだから。

「私は子供について考えたこともなかった」サディはさらに続けた。ローマンが率直に話してくれたことで、サディも自分のガードをさげていた。受胎能力に問題があったことと、マークの残酷な裏切りのせいで、もう二度と男性とは良好な関係が築けないのではないかと疑ってきた。「私には、子供が持てないかもしれないと言われるまでは」今度はローマンがショックを受け、サディの手を取る番だった。

二人はほんとうは互いにふれ合うのをやめるべきなのに。「以来、子供のことばかり考えるようになってしまって」大急ぎで言う。

サディの不妊については、二人の奇跡の娘について言わずにいると、よけいに話が複雑になってくる。

悲しげで皮肉な笑いをローマンに向けながら、サディは不確かな自分の未来を考えずにいることで、診断結果の苦しみをやりすごしていた年月を思い出していた。自分を受け入れ、ただ日々を生きることに努めた。それは元恋人が気持ちを変え、自分の子供が欲しいと言い出し、浮気をし、サディにはどうしようもないことで彼女を価値のない女だと感じさせるときまで続いた。それでも、元恋人が口にしたすばらしすぎる言葉や大きな夢や約束が、真実と考えるにはあまりにもできすぎていると、サディは心のどこかで気づいていなかっただろうか。

ローマンが顔をゆがめ、サディの手をきつく握った。「こんな話までさせてすまなかった、サディ」

サディは必死で感情的に距離を置こうとした男性と、個人情報まで分かち合ってしまったと気づいて、手を振って彼の心配を打ち消した。「大丈夫よ」

ローマンのおかげで、ウィーンのあの夜のせいで、サディはもう彼の共感は得られない。サディには幸運以上だった。ミリーを授かったのだから。でも今夜わかったように、今のままでいくのがうまくいく。未来がどうなるか、まったく予測がつかないからだ。

「そのあと」サディは急いで話を続け、自分が重要な知らせを伝えずにいることは考えないようにした。「小児科に魅力を感じ、あなたと同じく、私もよくよく考えて、やりがいのある好きな仕事に就いた」

「だから独身なのか、不妊のせいで?」ローマンは声を和らげ、親指でサディの手のひらを催眠術をかけるようになでて落ち着かせて、話しやすくした。

「そうね」サディは少なくとも一つのことに正直になれて喜んだ。「あなたに会った夜が、六年ぶりに独りで迎えたバレンタインデーだったの」

ローマンはうなずき、先を促した。彼の視線はあの夜、サディを見つめたときのまなざしを思わせた。

「元恋人は、私たちが一緒にいる限り、私の不妊は気にしないと言っていた」サディは続けた。「私は最初のデートで、自分が早発卵巣不全《POI》と診断されたことを話したの。私はそれを受け入れ、子供はできなくても、大好きな仕事とすばらしいパートナーがいると思おうとした。でも彼の約束は嘘で、心変わりをして、私を裏切って去っていったわ」

サディの笑みは弱々しかったが、ローマンのまなざしをしっかりと受けとめていた。哀れみはいらない。あのときからサディは強くなり、人の言葉を真に受けてはならないと学んだ。そうすれば最悪の事態を招いても自分を守るための代償は小さくてすむ。

「そんなにひどい裏切りは許せない」ローマンの瞳は抑えきれない感情で、荒々しく黒ずんでいた。「明らかに彼はきみにふさわしくない」

二人は見つめ合い、互いに手を取り合ったまま、痛みは粉々に飛び散り、紙吹雪のように二人の周りを舞っていた。サディはこの男性をよく知らなくても、二人はとても多くのものを分かち合っていた。情熱も秘密も、奇跡ともいえる小さな命の創造まで。

サディは胸が苦しくなった。〝そんなにかわいそうがらないで、私にはあなたの娘がいるのだから〟そんな言葉が喉を締めつけ、解き放たれたいと切望していた。サディはささやいた。「ほかには？」

サディはまだ指をローマンの指に絡めたままで、彼の燃える愛撫《あいぶ》の熱気を体中で感じていた。分別のある女ならここで身を引くだろう。だがサディは自分の手さえ動かせなくなったかのようだった。

知り合ってほんの数日の誰かを、こんなにも身近に感じられるものだろうか。それでもマークと過ごした年月から学んだように、時間の長さだけで親密さは保証されない。「すべてを打ち明け合ったからには、僕たちは友達になれるんじゃないかな」ローマンは認め、心が和むとはとても言えない指の動きでサディの手のひらになおも愛撫を加えながら、熱をおびた視線で彼女の下腹部に興奮を募らせていく。

それでもサディはローマンにすべてを話してはいない。彼女は最も重要な事実を隠していた。

「だが僕たちの今も進行中の相性のよさは認めるべきだと思う」彼は言い、サディに魅了されているかのように瞳をじっと見つめている。まるで目がそらせず、自分の孤独で傷ついた部分をサディの中にも認めたかのように。「込み入った事態ではあるが」

「そうね」サディは、めまいがしそうだった。

サディの告白にローマンの目が輝いた。「病院できみを見かけたとき、ロンドンにいる間に、互いにもっとよく知り合えば、気軽にデートができるようになるかもしれないと想像したのは否定しない。今ならきみもわかるだろうが、僕は誰ともデートしようなどと真剣に思ったことはなかったんだ」

まだ悲しみに暮れていて、今も奥さんを愛しているからね。サディはうなずき、罪悪感と困惑で頭が整理できず、希望と失望の間で胸が痛んだ。「よくわかるわ」でも事情はもっと違っているかもしれない。そうあってほしかった。

そこで別の考えが頭をよぎった。オークションだ。

「ねえ、私がサミーに話してもいいけど。ほかにボランティアを見つけて、結婚相手にふさわしいドクターになってもらうよう説得してみるわ。無理にさせられたり、不快な思いをしなくていいわよ。結局、ばかげた寄付金集めの一つにすぎないし、催し全体からすれば重要なことではないのだから」

「まさか、僕の名誉を守ってくれるのか」ローマンがほほ笑むと、サディの胸は高鳴った。彼が首を振る。「だが、やると言った。僕は約束を守る男でね。きみが信じようと信じまいと、僕は無理を承知で申し出に応じたんだ。ウィーンで出会った、このすばらしい女性を忘れようとしていたものでね」

彼はサディのことをずっと考えていたのだろうか。サディと同じように、二人で過ごした夜を忘れようと、もがいていたのだろうか。唖然《あぜん》として、サディはまばたきをした。彼の目に宿る欲望に、二人がどんなにすばらしく結ばれたかの記憶に、そしてその記憶がどんなに互いの世界を揺さぶるかという確信に、サディはすっかり心を奪われていた。

今は彼のことをよく知り、何でも話せる気がしていた。ミリーのこと以外は。今夜はまだ話せない。

「きみは僕があの夜、知らず知らず求めていた心の癒やしだった」ローマンは続けた。「だからきみには感謝している」サディの顔を指先で上に向け、昔の英雄がするようなキスをした。

「あなたはあの夜、私に再び女として自信を取り戻させてくれた。あなたにも感謝しているわ」サディは体に火がついたも同然で、セクシーな笑みが彼の口元に引き寄せられていった。彼もまた、サディをうろたえさせる、この深まっていくばかりの結びつきを感じているのだろうか。なぜなら、この結びつきがどんなに強くても、ほんの一時的なものでしかないのではないか。ミリーのことを彼に話してしまったら、もうありえないかもしれないのだから。

サディの口にされない問いかけに答えるように、ローマンのまなざしが彼女の唇に注がれた。

ミリーが家で待っているという思いだけが、キスを求めて身を寄せていこうとするサディをとどめた。

「もう行かないと」サディは心地よい彼の手の感触から手を引き離した。セーターの下で罪悪感と困惑に肌がちくちくする。二人の今の状況はどうしようもなく複雑で、娘の話をするタイミングを見計らい、彼の反応に備えることに集中しなければならない。

サディは携帯電話に手を伸ばし、帰りの車を呼んだ。彼から離れ、自分の考えを整理したかった。

ローマンはうなずいたが、まなざしに一瞬、失望の色が浮かんだ。「家まで歩いて送ろうか、きみの安全を確かめられる」彼は尋ね、二人はバーカウンターへと向かい、彼が飲み物の支払いをすませた。

サディは彼の申し出が口先だけでないと見て取った。ローマンはそんな男ではない。でもミリーがグレースと家で待っているし、ローマンと一緒の時間が長くなればなるほど、サディが求めても求められずにいるものへの責め苦を長く味わうようになる。

心を騒がせる欲望の大きさに慌てつつ、サディは携帯電話を振った。「もう車を呼んだところなの、ありがとう」気をつけなければ。二人のためにも。ローマンに惹かれる気持ちや共感にほだされて、判断を鈍らせるわけにはいかない。

「わかった。一緒に車を待ってもいいかな」彼は尋ね、バーのドアを開けてくれた。

「もちろん、いいけど」外で待つ間、サディは安全と思える軽い話題に戻った。「思ったのだけど……。タキシードは持ってる？　オークションにエレガントさが加わるかもしれない。みんなの脈拍がぐっとあがって、入札者の財布の紐《ひも》が少しは緩むかも。手術着でも効果がありそうね」

「タキシードなら借りられる。だが、きみには外科医の格好がいいんじゃないか？」彼は笑みを浮かべ、目が面白そうにきらめいている。「きみによれば、外科医の僕は〝ゴージャス〟だそうだから」

サディは目をくるりとまわし、声をあげて笑ったが、二人の惹かれ合う気持ちをいくら否定してもむだだった。「チョコレートケーキはゴージャスだけど、だからといって食べすぎはよくないわ」

ローマンが歩み寄り、顔を近づけてささやく。

「だが一度堪能してしまうと、次にはそれがどんなにすばらしい味か、もっとわかってくる……」

サディは興奮と渇望に身を震わせた。彼の言うとおりだ。もう一度味わってみたくなる。

サディが間違いを犯して彼にもう一度キスをしてしまう前に、車が一台、歩道寄りに止まった。

サディはナンバープレートの文字と数字を確認した。「私が呼んだ車よ」ほっと安堵する。

ローマンが運転手にさっと視線を向け、サディのウエストに手を置いた。「一緒に乗っていって、きみの無事の帰宅を確かめさせてくれ」

「大丈夫よ」サディはうなずき、彼の気遣いに感激し、興奮もしていた。もう別れのときなのに、今夜はひどく感情を揺さぶられ、彼とさまざまなことを分かち合ったあとで、まだ別れがたかった。「あなたは大丈夫？　あんな話をしたあとで……」サディはローマンに彼の悲しみや心の痛みや思い出と、独りで向き合ってほしくなかった。サディには抱いてかわいがってやれる、二人のかわいい娘がいるのに。

「大丈夫だ。おやすみ、サディ」彼はさっと動いてサディの頬にすばやくキスを落とした。さっき彼女を迎えたときにしたように。

とてもいい気分で、すばらしかった。まったくの他人同士だった最後のときよりもずっと。それでも二人の今の状況はもっと複雑だった。今度は無傷のままでは立ち去れない。サディはローマンが気がかりだった。そう思わないではいられない。彼はミリーの父親で、優しく誇り高く、そして傷ついている。

バーで結ばれた、もろい心の絆が解けないように、サディはそっと後ろにさがった。

家でサディの授乳を待っている娘だけが、待機している車へと急がせる力を、サディに与えてくれた。

6

二日後、午前零時を過ぎた早い時間、サディは八歳のジョシュのベッド脇に座り、酸素飽和度、脈拍、呼吸数を表示するモニター画面にじっと視線を注いでいた。少年はローマンの患者の一人で、一週間前、車の衝突事故で負傷し、緊急の脾臓《ひぞう》摘出手術を受けていた。輸血を必要とするほど大量に出血し、術後、数日間は集中治療室《ICU》で過ごしていた。

すでにひどい目に遭ってきているのに、今日、サディの夜勤初日に、ジョシュは熱を出した。サディは、この症状は術後の胸部感染症で、綿密な臨床監視が必要だと診断をくだしていた。固いプラスチック製の椅子の上で身じろぎし、眠っているジョシュを見おろす。今夜、よけいに身構えてしまう落ち着かない気分は、ローマンについていつも考えてしまうこととすべて複雑に絡み合っている。彼はジョシュと同じ年ごろの息子を亡くしていて、ローマンが勇気をふるって身の上話をしてくれてからというもの、サディは彼のことが頭から離れなくなっていた。

ローマンのチームは呼び出しにすぐ対応できるよう待機していて、病棟はいつも忙しかった。二人は遠くから何度か顔を合わせただけで、うなずき合ったり、人知れず視線を交わしたりしていた。彼のようすを尋ねるメールを送ったこともある。

それでも彼を追いかけていって秘密をぶちまけてしまいたいと思う衝動は、日増しに強くなっていた。〝あなたには娘がいるのよ〟と、どう伝えればいいか、何百万回めかの自問自答を繰り返していると、ジョシュのベッドの周りのカーテンがさっと開いて、ローマンが現れた。まるでサディが胸の内で彼の名をささやいたのを聞きつけたかのように。

彼の短いほほ笑みが、サディの心を明るくした。

「どんなようすだ？」モニター画面に目をやる。患者への気遣いには、サディへの気遣いもうかがえた。

サディは立ちあがり、ベッドの足元に立つローマンに近づいたが、ふれ合うほどではなく、二人の間の空気は電流をおびたように熱かった。

「今は安定してるわ」サディはかすれた声で言い、ローマンが来てジョシュの介護を分かち合ってくれたことで、緊張が少しほぐれた。「抗生物質の点滴を始めて、午前中に緊急の理学療法を受けさせるわ。感染症を抑えられるといいのだけれど」

ジョシュがＩＣＵに戻るのだけは避けたかった。

「オフィスで話そう」ローマンは言うと、サディの腕に触れ、オフィスへと導いた。ちょうどジョシュの看護師が到着して、経過観察を続け、ベッド脇のカルテへの記入を引き継いでくれた。


「ご両親には、ファミリールームで温かい飲み物とトーストを勧めておいたわ」サディは言い、二人は病棟の小さなオフィスに入った。サディがジョシュの胸部写真をモニターに映し出してあったので、ローマンは立ちどまり、そのＸ線画像をじっと見た。

「肺には影はわずかで、経過は良好だ」

サディはうなずいたが、不安は拭えず、たぶんそれはジョシュとローマンの息子とを比較せずにいられないからだろう。今ローマンをよく見ると、ミリーの瞳が彼と同じブルーだとわかり、ローマンの息子はどんなだっただろうと思ってしまう。父親似だったのか、赤ん坊のミリーはローマンに母親違いの息子を思い出させるだろうか。娘を喜んでくれるだろうか。彼は突然、無慈悲に息子を失っているのに。

「心配なんだな」ローマンのまなざしには理解と共感がこもっていた。なぜなら二人は多くの場面で心に負担を強いられる職業に就いているからだ。小児科では大人の診療科より負担が大きく、幼い患者の中には何の分別もないまま、ほかの患者より多くの障害に直面する者もいる。個人的な感情を持ち込まないことが、医療現場では大きな部分を占めていた。

「少しね」小さくため息をついて認める。「抗生物質の投与を始める前に、検査用に痰《たん》を採取するわ」

母親になったからか、ローマンの身の上を知ったせいなのか、サディはどんな症例も親の目で見ずにいられなくなっていた。「この処置で感染症が抑えられるといいのだけど」サディは肩をすくめ、ローマンの探るような目から視線をそらした。なぜならローマンの過去がわかった今、サディは彼の気持ちが容易に読み取れるようになったからだ。彼も同じようにサディの気持ちがわかるのだろうか。患者だけでなく、サディが三人の今後を心配していると――サディ自身とミリー、そしてローマンのことを。

「では、できることはすべてするつもりなんだな」

ローマンはサディに近づいて、肩に片手を置いた。「ほかに何か気になることがあるなら言ってくれ」

もちろん彼は、ジョシュの症状でサディに迷いがあると直感していた。彼は優秀な医師で、症状がいかに急に悪化するか身をもって知っている。

「どうかしら」サディは足元に視線を落とした。なぜなら人生が一変してしまう事実を、ローマンに隠しているのだから。この患者が気がかりだと認めるのは、自分が立ち入らないようにしている未来が気がかりだと認めるような気がしていた。「ときどき、私情をはさまないでいるのが難しくなるの……」

「ときには患者に深入りもする」ローマンは頭を傾け、瞳に理解の色を浮かべた。「僕たちも人間だ」

ローマンに職業上の悩みをわかってもらえて、サディは思わず涙が出そうになった。

「真夜中には物事がいつもより深刻に感じられる」ローマンは腕を伸ばし、サディの手を取った。「夜が明けたらまた二人で診に来よう。新鮮な気分で」

サディはうなずき、彼の支援に感謝した。彼との禁断のふれ合いを熱望する気持ちが日増しに強くなっている。心の重荷を早くおろしてしまいたかった。なのに時間が経《た》てば経つほど、彼に娘について話す機会がどんどん見つかりにくくなっている。

午前三時だった。ローマンは手術室に戻る途中だったらしく、仕事が待っている。サディも自分の気持ちばかりを持てあましてはいられない。

「この前の夜に話してから、どうしてたの？」サディは彼の手をきつく握った。「あなたのことを考えずにいられなくて。心配で。勤務中に、ときに思い出すような場面にも遭遇するでしょう」

「僕の心配はしなくていい」彼が魅惑の笑みをかすかに浮かべ、サディの手を握り返すと、彼女の腕に震えが走った。「何年もかけて編み出した対処法で、あまり健康的ではないが――きみも気づいてるように、仕事中毒《ワーカホリック》ぎみに忙しくして、よけいなことは考えないようにしている」二人が互いに見つめ合うと、サディの心臓は喉元にせりあがった。二人が職場以外の場所にさえいれば、サディはローマンを抱きしめ、彼が今夜サディのためにいてくれたように、彼のそばにいて、彼は独りではないと知らせるだろう。

だが彼は独りでいることを選び、それが彼の対処法となっている。サディの気持ちは沈んだ。彼女の思いやりは必要とされていない。

最も正直な答えでサディを安心させるかのように、ローマンは落ち着いた声で言った。「それに僕は思い出すことより、忘れてしまうことが怖いんだ」

喉に大きなかたまりがつかえて、息をするのも苦しかった。「ご家族を忘れてしまうのが怖いの？」サディの声は畏敬の念に満ちたささやきに近かった。ローマンは彼女を信頼してこんなにも深い個人的な告白をしてくれた。でもそれはサディもまた重大な秘密を抱えているという、新たな罪悪感の苦しみを彼女にもたらしたのだった。

彼は短くうなずき、苦しげに目を細めた。「息子は特にね。カロリーナとの思い出は多くあるが」

「お気の毒に」サディはローマンの手を強く握り、二人とも仕事に戻るべきだと気づいた。「きいてもいいかしら――息子さんの名前は？」

「いいとも。ミコラスだ」彼の目が幼い息子への愛情で輝いた。「僕たちはミコと呼んでいた」

「ミコ」サディはまばたきして涙を払った。「いい名前ね」元気のいい、かわいい男の子が目に浮かぶ。周りを明るくする笑い声で、ローマンによく似た屈託のない笑みを浮かべる男の子だ。ローマンのように愛情深くて献身的な男性なら、ミリーもきっと心から受け入れてくれるのではないだろうか。

二人は無言でたたずみ、悲しげな笑みは薄れていった。緊張したオフィスの雰囲気がなごんでいく。

「きみは優しいな、サディ」ローマンがサディの頬に手を添え、親指で頬骨の上を拭う。その感触は焼き印のようで、彼を全身で感じてしまう。

サディの視線はローマンの虹彩《こうさい》の複雑な色合いまでとらえていた。「あなたも」彼女はささやいた。

「この仕事には必要だ」肩をすくめる。気の置けない言葉が命綱のように投げられ、うっかりよろめいてしまいそうだった親密なひとときから逃れられた。

それでもサディは自分がいたいと思う場所にいた。

「きみをすばらしい医師にしてくれる」ローマンは続け、サディと目を合わせた。「人々と容易に心を通わせられる医師だ。だが同時に、寄り添ってばかりだと自分の心が弱ってしまう。気をつけるんだ」

サディはうなずき、彼の気遣いに感きわまっていた。確かにサディは疲れている。だがその疲れは、二人が話すたびに感じる惹《ひ》かれ合う力と闘うことからきていた。自分の感情の激しさを後悔して疲れていたのだ。でもときには自分の直感に従ってみなければ。たとえそれが過去の過ちから疑問に思えるときでも。ウィーンは間違いではなかった。

もう一度キスすれば、きっと間違いではなくなる。サディは二人の隙間をつめた。心臓の鼓動が指先にまで伝わり、耳の奥で轟音《ごうおん》のように響いている。

葛藤していたローマンが降参し、表情が変わった。両手でサディの顔を包み込み、唇を重ねる。サディは必死で応えた。熱く、性急に、狂おしく。彼の首を引き寄せ、唇を開き、キスの情熱に身を任せていく。もうためらいはなかった。キスは以前と同じようによかった。もっとすばらしかった。

二人はキスをしていた。勤務中に。

オフィスの外の病棟は静かで、患者はほとんどが眠り、夜勤スタッフが静かに巡回している。それでもドアが少し開いていて、誰でも入ってこられる。サディがすぐに自分を制止できるわけでもない。

ローマンがサディのウエストに両手をすべらせた。サディは彼の肩の盛りあがった筋肉をつかみ、髪に指を差し入れ、デスクのほうに近づいていくと、その端に腰をついた。彼の舌に舌を絡ませ、自分が欲するあらゆるものをこの狂おしい瞬間にすべて手に入れようとした。サディは動きを止め、数秒待った。

ローマンはうなり声をあげ、体をサディの腿の間に割り込ませると、猛烈な勢いで何度もキスを奪った。そしてサディが彼を求める限り、あらゆる欲望に応えてみせると伝えた。最後の至福の瞬間まで味わおうと、彼にキスを返しながら、サディはようやく認めていた。彼がこの病棟に足を踏み入れたときから、これはサディにとって避けられないことだったのだと。つかの間であってもいい。サディは今のこの瞬間をいつも生きてきた。

それでも重要なことが一つあった。ミリーだ。ローマンの娘で、二人の情熱をほかの何より優先させたとき授かった赤ん坊。彼が何も知らない赤ん坊だった。胃が締めつけられ、サディは唇をもぎ離した。

「こんなこと、だめよ」サディは息を切らし、罪悪感に肌が焼けるようだった。力を振り絞って彼の肩を押しのけ、立ちあがると、なんとか体を離した。

「そうだな」ローマンは言い、呆然《ぼうぜん》とし、困惑した表情で、二人の行いを悔やんだ。背後のドアを見やり、手で顔をこする。「すまない。うかつだった」

サディはローマンの腕を取り、患者や同僚に見せるのと同じ気遣いと思いやりを見せようとした。もう彼に話すときだった。たとえ二人が分かち合っているつながりが断たれ、伝える知らせが壊滅的な結果を招こうとも。彼の反応が怒りと非難に満ちたものとなり、かわいいミリーとのかかわりを望まなくても、ローマンはもう娘のことを知るべきだった。

呼吸が苦しく、強引に正気に引き戻されたあとで、ローマンはめまいにも似た感覚に頭がくらくらした。

「いいえ、ごめんなさい」サディはローマンの腕を握り、首を振ると眉に深くしわを寄せ、キスでふくらんだ唇を引き離してうつむいた。

サディはとても美しい。今夜、彼を頼って助言を求め、患者への臨床上の懸念を打ち明け、ローマンを気遣い、ミコのことまで尋ねて、最後には彼を限界にまで追いつめた。ローマンは彼女が欲しかった。

勤務中に欲望にふけるのは間違いだとよくわかっている。だが、ローマンは最初にキスしたとき、どんなに正直な気分だったか思い出していた。

「ローマン、話があるの」サディの手が離れ、新たな決意がうかがえる口調に、彼はバケツに一杯、顔に冷水を浴びせられた気がした。

彼はうなずき、息苦しさと闘った。「さっきはプロにあるまじきふるまいだった、サディ。きみに触れてはいけなかったんだ、すまない」

勤務中に同僚の研修医にキスするなんて、何を考えていたんだ。だがサディが息子の名を聞いてほほ笑んだ瞬間から、二人の相性のよさに、もうあらがえなくなっていた。今も、恥ずかしさに追いつめられながらも、サディがまだ欲しかった。

「いいえ」サディは顔をしかめ、恐怖をたたえたような目でじっと見た。「私がキスしたかったの。そうではなくて、どうしても——」言葉を切り、柔らかな唇を舌先で湿す。一瞬前には彼の唇と熱い情熱で溶け合っていた唇だ。「伝えたいことがあって」

サディが顔をあげると、表情にはっきりと決意がうかがえ、ローマンの熱くなった血が冷たくなった。

「わかった」胸の鼓動を鎮めようと、ローマンは一歩退き、サディの誘惑を遠ざけた。「何だい?」

このオフィスで初めて話をした、あの混乱した日を思い出し、サディはデスクまで歩いていって再び向き直った。「もっと前に言うべきだった」両手を握りしめる。「言うつもりだったのよ、何度も。でも……時機を逸してばかりで」苦しげに口元をゆがめる。「今がその時機でないのはわかってる……真夜中だし、二人とも仕事があるから……でも言わないと。だって私たちはキスをして、それから——」

ローマンは今度は、サディの緊張したとりとめのない口調をかわいく思わないように苦労した。「どうした、言ってくれ」彼は先を促し、心は暗い場所へと向かっていた。「お願いだ、サディ」

「どうか怒らないで」サディはごくりと喉を動かし、視線で懇願する。「あなたを傷つけたくない……」

傷つける? 何をしたんだ?

「何が問題なのか教えてくれ」ローマンの鼓動は速まり、血管にアドレナリンがあふれ出した。想像力が暴走し始める。「きみはどこか悪いのか? 移住を考えているとでも? 誰かに出会ったのか?」

サディは首を振った。「何も問題ないわ。すべて順調よ。ただ――」サディが手元に視線を落とすと、ローマンはいらだちに髪をかきむしりたくなった。

衝撃の数秒が電気ショックのようにローマンを揺さぶり、彼は持てる忍耐力をさらに振り絞って、サディが胸に秘めた不穏な言葉を口にするのを待った。

サディはついに肩を落とし、視線を彼に向けた。

「赤ちゃんがいるの」いっきにそう口に出して言う。

ローマンはその話についていくのに数秒かかった。脳細胞の九十パーセントは、サディが再び彼の腕の中に戻ってきたのがどんなにすばらしいかという思いにとらわれていて、残りの十パーセントで、サディが伝える悪い知らせに身構えていた。

「ああ……それはよかった。すばらしい。おめでとう」ローマンはサディの手を取り、彼女が告白した不妊の問題が克服されたのだと知り大喜びした。

「だとすると、うれしいニュースじゃないのか？」

サディはうれしそうには見えず、不快げな顔で弱々しくうなずいた。「すばらしいことよ」

ローマンはほっと安堵《あんど》した。サディは病気ではなく、母親になっていたのだ。「誰かと出会ったんだな」顔をしかめ、二人の燃えるようなキスについて考えた。もし勤務中でなければ、すっかり夢中になっていただろうということも。「言ってくれればよかったんだ。絶対にキスなんてしなかったのに」

「誰とも出会ってないわ」目に必死の願いを込めて、抑えた口調で言う。「あなたはわかってない……」

「だったら説明してくれ」彼は話の先を促したが、大して意味があるとは思えなかった。サディはまたはっきり言おうとしなかった……。

「あなたとのあと誰ともベッドをともにしてないわ。ウィーンのあとでは」ローマンは顔をしかめた。頭の中の欲望のもやがようやく晴れてきた。まるで深海に潜っていたあと、海面から顔を出したように。呆然としたあえぎ声がローマンの頭の中で響いた。

サディが彼の子供を産んだのか。

サディはうなずき、ようやく彼の顔に表れた理解の表情を見て取った。「私たちは、その……去年のバレンタインに、赤ちゃんを授かったのよ」

赤ちゃん……ローマンは最初に浮かんだ考えに血も凍る気がした。「何かあったのか、その子に？」

サディが顔をしかめ、ローマンの手を強く握ると、彼の視線がサディの口元に集中した。「何も問題ないわ。かわいくて元気な、生後二カ月の女の子よ」

「まさか……」足元で床が傾き、ローマンはデスクの端に手を伸ばして体を支えた。ありえない。彼に赤ん坊がいる。もう一人の子供で、生後二カ月だ。

「僕たちは避妊具を使った」彼はつぶやき、頭に浮かんだ最初のばかげた考えにすがった。彼はちゃんと注意していた。ローマンは二度と父親になる気はなかった。「きみは子供が持てないと言っていた」

もし彼がちゃんと考えられたら、こんな非難めいた言葉は言わなかっただろう。彼は何一つちゃんと考えられなかった。

サディはうなずいた。これは何かの冗談に違いない。

彼の手を握りしめる手が、サディの言葉が真実だという証拠をすべて彼に伝えていた。その思いやり深い視線と、「ええ。あの子はとても小さな奇跡なのよ。名前はミリーよ」

ミリー……彼は喉を動かしたが、何も言えない。

ローマンは呆然として首を振った。「だめだ……僕にはできない……ありえない……」赤ん坊……？

奇跡の赤ん坊。彼は何も知らされていなかった。

「なぜもっと早く教えてくれなかったんだ」ローマンはサディを見つめ、彼をぶちのめそうと、ヘビー級のボクサーが繰り出すパンチのように襲ってくる感情をかわそうとした。だが彼はこの痛みを受け入れた。痛みとはずっと長くともに生きてきた。新たな罪悪感が、メスで切りつけるように彼を切り裂いた。ミコは彼の子供で、彼はミコを愛していた。

「ごめんなさい」サディが言い、目には涙があふれている。「あなたにはショックでしょうから、もっといい形で知らせたかったのだけど」

ローマンは吐き気に見舞われ、信じられない思いで言葉を失った。目を閉じたが、それでも生後二カ月のころの愛《いと》しい息子の姿がまぶたの裏によみがえってくる。どうすればまた父親に戻れるだろう。こんなにも……傷心を抱えたままで。どうすれば子供に必要な存在になれるだろう。長い間、独りで過ごし、ほかの人々とのつき合いを遮断してきたのに。どうしてほかの子供を愛せるだろう。心はカロリーナとミコのことでいっぱいなのに。

「この十一カ月、あなたに連絡する方法があれば」サディが説明を続けている。「妊娠がわかったらすぐ知らせていたわ。あなたがこの病院に現れたときはショックで言葉も見つからなかった。あなたに隠しておくつもりはなかったし、最初の日に言うつもりだったわ。でも私はまだあなたに惹かれていて、あなたがオークションの目玉にふさわしいドクターに選ばれたとわかると、その瞬間は過ぎてしまった。以来、話す機会を見つけられずにいたのよ」

ローマンは目を開けた。血も凍る恐怖の瞬間がよみがえり、それは四年前、病院から訃報が知らされたときと同じく生々しく感じられた。

「その子は大丈夫なのか」生来の保護本能から、確かめずにいられなかった。その子のことをよく知りもしないのに。彼の子供なのに。

「娘は大丈夫、完璧よ」サディは慌てて彼を安心させた。涙がこぼれて頬に落ちかかっている。「こんな形で知ることになって、ほんとうにごめんなさい」

「僕のほうこそ……」驚くべきニュースの衝撃から覚めないまま、ローマンは視線をそらした。自分を立て直そうと必死で、行方不明の彼を捜したサディの苦しみを思いやりながら、二度とありえないと思っていたニュースを受けとめようとしていた。

「妊娠がわかったとき、ウィーンのホテルに電話したの」サディは言い添えた。「でも、あなたの名前はわかっていても、宿泊客のプライバシーを守るのがホテルのポリシーなのよ」きつく組みしめた手に視線を落とす。「この前の夜、バーであなたに話すつもりだったのだけど、あなたが自分の過去を話してくれて、私のニュースがあなたをさらに動揺させるのではないかと怖くなったの」

そのとき彼のポケベルから、沈黙を破る呼び出し音が聞こえた。ローマンは髪をかきあげ、音を消してつぶやいた。「手術室に戻らないと」

「そうね」サディは気を取り直し、頬の涙をぬぐった。どんなにくじけそうな気持ちだったとしても、サディは手を伸ばし、彼の手を取った。「ローマン、気にしないで。私は何も望まないし、あなたはもうすぐロンドンを離れるんでしょう。あなたがもう子供は欲しくないってこともわかっているから」

サディは結婚と子供について、彼がウィーンで話していたことを言っている。再会して以来、彼が何度か繰り返し言ってきたことだ。もちろん彼はもう子供は望んでいない。愛することと失うことの苦しみを二度と味わいたくないのだ。ただサディの奇跡だけが邪魔をしている。娘は現に存在するのだから。

ぼんやりと、ローマンは自分の手の上に置かれたサディの手を見つめた。彼女の涙の跡が残る顔と苦しみに満ちた目に、改めて打ちのめされた。サディの告白に、二人とも苦しんでいた。

サディが彼の手を離した。「あなたがどんな気持ちかはわかっている。でも大丈夫」小さな声で言う。

「僕の気持ちがわかるのか」彼は言い、首を振った。子供がすべてを変えてしまった。今はどうしたらいいのかさえわからない。「僕が自分の気持ちを言葉にできないのに」

サディはうなずき、心配そうに顔をしかめ、ドアのほうに近づいていく彼を見守った。「それでいいのよ」サディの歯が下唇をさっと噛《か》み、ローマンの視線をとらえた。キスしてから何時間も経ったようで、ずいぶん前のことのように思えてくる。

絶え間なく惹かれ合う力がローマンにとって最も差し迫った問題だったのに、今ではよく考えるべきさらに大きな問題がある。今ではサディと彼は単に昔の恋人同士ではなく、再び巡り会って、親になっていた。今ではミリーという小さな赤ん坊がいる。

せめぎ合う感情に打ちのめされながら、彼は手術室に急いで戻った。恐怖と悲しみに息が詰まりそうだ。彼は再び父親になれるのか。もう一人、子供を愛せるのか。新たな赤ん坊はミコとの大切な思い出をさらに忘れさせはしないだろうか。そして、そうなることに彼は耐えられるだろうか。

7

二日後、サディは気もそぞろで小児病院の総合会議《MDM》に向かった。週に一度、病院の異なる分野の専門家たちが集まって、患者の診断、介護、治療法を見直すチームディスカッションをおこなう場だった。

サディはMDMがすでに始まっている部屋にそっと入っていった。ローマンがいるかもしれないと思うと鼓動が速まる。彼と会うのは二人がキスして、サディがミリーのことを告げた、あの運命が決した夜以来だった。あんなふうに思いあまって打ち明けてしまった罪悪感で、ローマンとは心を通わせられず、彼は明らかに考える時間を必要としていた。

部屋は暗く、放射線科医が大きなプロジェクタースクリーンに映し出されたMRI検査の所見を説明している。サディは最後列近くに座り、すでに席を占めている医師たちの中にローマンの姿を捜した。

彼は最前列にいた。二人の小児腫瘍科医の隣で、整った横顔がスクリーンの明かりで際立っている。サディの胸で切望に鼓動が高まった。二人は親密になりながら、今はすべてが不確実になっている。

サディはじっと座ったまま、目立たないようにしていた。この二日間はローマンと病棟で顔を合わさずじまいで、サディは心のどこかで安堵《あんど》していた。もし病棟にいるときローマンが現れたら、秘密を明かされて傷ついている彼と向き合わねばならず、悪くすると、再び彼の苦しみと困惑を目のあたりにしていたかもしれない。最初に目にしただけでもう十分だった。キスのあとに続くはずだった愛情や渇望が罪悪感で切り裂かれ、ずたずたにされたのだから。

ミリーを腕に抱くのをためらう彼を、誰が責められるだろう。サディはローマンに考えるべき多くのことを伝え、彼はまだ亡くした家族を悲しんでいる。それでも、自分とミリーの立場がどうなるのか知りたいという切望が、サディを常に落ち着かない気分にしていた。もう一度父親になったという知らせと向き合う余地を彼に与えたことで、サディはどうしてもこの問題に立ち入れなくなり、独りで将来をあれこれ考え、細かな点まで突きつめ、起こりうる恐ろしい事態を予想するしかなくなっていた。

サディは自分を臆病者と思ったことはなかったが、今はどちらが臆病なのかさえわからなくなっていた。この問題の答えを知ることと、今のように知らないままでいることと。恐怖と渇望に胃が締めつけられ、サディは部屋の明かりがついたのに驚いた。症例のディスカッションが続いている。

「ご覧いただいているのはステージ二の腎芽腫《じんがしゅ》で、小児腎腫瘍の一つです」ローマンは言い、深く、自信に満ちた声でサディの神経をいらだたせた。「この症例で、手術前に抗癌《こうがん》剤を投与する化学療法を行いますか?」彼はそばの腫瘍内科医に尋ねた。「それとも、僕が手術をしたほうがいいでしょうか?」

彼はどうしてこんなに……普通でいられるのだろう。サディが気もそぞろで夢遊病者のように毎日過ごしているときに。ローマンの問いかけが宙にとどまり、彼はチームの面々に正式な確認を求めるように部屋を見渡した。その視線がサディに向けられた。

ほんの一瞬、目が合っただけで、サディは凍りつき、息が喉につかえた。ローマンはすぐに視線をそらし、ディスカッションに戻った。サディはごくりと喉を動かし、口の中がからからになった。話し合うべき大きな問題があって、その問題を克服しようとしているときに、どうしてこんなにも激しく彼を求めてしまうのだろう。明らかに彼が身を引いて心の痛手から立ち直ろうとしているときに、どうして彼とのふれ合いやキスを、感情的に心を開いてくれることを渇望してしまうのだろう。

恐怖が絶えずサディにつきまとって離れない。ローマンを取り返しがつかないほど傷つけてしまったのではないかと恐れ、二人で協力して子育てができる機会をふいにしてしまったのではないか、ローマンに彼女とも、最愛のミリーともかかわりたくないと思われてしまうのではないかと恐れている。

ローマンの腎芽腫の患者への治療プランが実行に移され、ディスカッションはリストのほかの症例に移った。サディは懸命に目の前の臨床審議に集中しようとしたが、目は繰り返しローマンの後頭部を追っていた。今にも彼がすべてを受け入れて、サディに再び歩み寄ってはくれないかと。

ミーティングが終わると、サディは立ちあがり、まっすぐ出口に向かった。打ちひしがれた気分だった。今を大切に生きるという決意をどうして忘れてしまったの？　彼女とミリーは今のままでいい。ローマンがどう心を決めようと、二人は大丈夫。ミリーの揺るぎない幸せだけが、ほんとうに重要だった。

「ドクター・バーンズ、ちょっといいかな」ローマンの声が、サディをその場に引きとめた。

サディは立ちどまり、ＭＤＭから立ち去る人々の流れを避けるように、ドア口に身を寄せた。

「お待たせ」ローマンは言い、改まったようすで身をこわばらせた。まるで見知らぬ者同士のようだ。

「元気かい？」彼がズボンのポケットに両手を入れると、サディは少しひるんだ。彼の愛撫《あいぶ》を求め、二人の相性のよさが知りたくて、親密な熱い感情をわかち合いたかった。あのとき彼は深い苦しみを打ち明けられるほど、サディに心を許してくれていた。

サディはローマンが苦しんでいるかもしれないと、心配でならなかった。「元気よ、ドクター・イェジエク。あなたは？」サディは部屋の奥まったところへと足を運んだ。ＭＤＭの部屋はまだ同僚が出ていくところで、私的な会話に最適な場所ではない。

肩越しに二人きりだと確かめると、ローマンは近づいてきて、ふいにサディの手を取った。「実は、どうしても謝りたくて」低い声で、高ぶる感情にかすれている。

「やめて、あなたは何も悪くない。謝る必要はないわ」ローマンにふれられ、サディは興奮し、混乱していた。力をこめて自分の手を彼から引き離す。

二人の結びつきがこんなにももろくなった今、彼に惹《ひ》かれる気持ちにどんなにひたってもむだだった。二人の関係は感情的に数歩後退している。なのに今、彼がそばにいて、目には動揺の色が隠せず、ずっと眠っていないかのように暗く沈んで見える。サディの知らせが、明らかに彼を苦しめていた。

喉に再びかたまりがこみあげ、高潔なのに傷ついたこの男性のために胸が痛み、かわいい何の罪もないミリーのために心が打ち砕かれた。

「謝るべきなんだ」彼は言い、感情をじっと抑えているような、こわばった視線を向けた。「この前、二人で話したとき、僕は……打ちのめされて、ひどい反応をしてしまった」ローマンはサディのまなざしを受けとめ、再び彼女の手を取ろうとしたが、思い直してその手を脇におろした。「非難されているような気がして。あれは僕の本意じゃない」

「わかってる。ショックだったのよね」同情がサディの内に波のようにあふれてきた。もちろん彼は打ちのめされたに違いない。サディは赤ちゃんができたという事実を受け入れるのに九カ月かかった。とてもローマンを叱れない。そうできたらどんなにいいか。「私はあの夜についてひどい罪悪感を覚えているの。慰めになるといいけど。職場でキスして」ささやき声で言う。「あの爆弾発言をして……」

もっと早く彼に話す手だてを見つけるなり、どこか人に聞かれない場所を探すなり、するべきだった。

ローマンの視線が和らぎ、唇におどけた笑みがかすかに浮かんだ。「罪悪感を覚える必要はない」肩をすくめ、目をきらめかせる。「僕も片手をあげてキスの責任をとるべきだった」サディの口元に視線を落とし、彼女の神経をざわつかせた。「僕の最善の決断ではなかった。だから、もう一度謝るよ」

炎がサディの体をのみ込んだ。彼の言葉の意味を読み取ろうと必死だった。彼はキスしたことを後悔しているのだろうか。それとも勤務中にキスしたことに？　でも解決すべきもっと大きな問題があるとき、彼が百万キロも遠くにいるように思えるとき、どれほど重要な問題だろうか。

彼の肩越しに、まだ二人きりだと確かめながら、サディはもう一つの疑問に勇気を持って立ち向かった。「結論を急がせるつもりはないけれど――少し考える時間が必要でしょうから――でも、あなたがどうしたいのかについて何か考えはあるの?」

サディは息を詰め、彼の表情が自信なげに陰るのを見て、落胆に見舞われた。ミリーは独りでだって育ててみせる。それでも、ミリーとローマンには長続きのする親子関係を築いてほしかった。サディはため息をつき、天井をふっと見あげた。まるで世界の重荷が自分の両肩にかかっているみたいで、知る必要のあることをすべて言わせているようだった。

「考えることが多すぎるんだ」ローマンはサディに向き合い、真剣な顔で見つめた。「きみの知らせは、僕がすでに折り合いをつけたはずの多くの感情を呼び覚ました。僕はあらゆることを問い直していると ころで、きみに答えられたらとは思うんだが、もう少し時間をくれないか。それでもいいかな」

サディはごくりと喉を動かし、何も知らずにいるミリーに再び心がくじけ、傷ついたローマンに胸を痛めた。「もちろんよ。あなたの正直な態度は尊敬しているし、理解もしているわ」そのとおりだ。ローマンは多くのものを失ってきている。彼の境遇からすれば、配慮に欠ける、大げさな反応をサディが信用するのはかえって難しいし、もし彼が娘のことを知りたくないのなら、会わないほうがいいだろう。「実際、感謝しているわ」サディは言った。「あなたは守れる用意ができていない約束を、慌ててしようとはしていないわけだから」

サディの失望を察したのか、ローマンはもう一度彼女の手を取った。彼の視線は懇願し、サディの心は千々に乱れた。「僕はただ喜びを感じたかった。普通ならそんな気持ちがきみの知らせにはふさわしい。そう感じられたらと切望している」サディはうなずき、言葉を詰まらせた。ローマンにふれられて慰められ、彼に腕をまわしたくてたまらない。「でも僕は理性をなくしている。悲しみがよみがえって自分でもどうしていいかわからない。この気持ちとちゃんと向き合えるまで、あせって答えを出すのは、きみにもミリーにもフェアじゃないと思うんだ」

まばたきして彼を見あげると、サディは涙で目が痛かった。そして息を深く吸い込んで勇気を振り絞った。彼はとてもすばらしい人だ、元恋人とはまったく違っている。「あなたの言うとおりよ、心から感謝するわ、私を信じて」

ローマンの慎重ではあっても正直な返事は、元恋人のマークが大言壮語をしながら、結局はその言葉を裏切ったのより、ずっとすばらしかった。こうして、サディがローマンにミリーの話をしたからといって、彼女と赤ん坊の日々は何も変わらなかった。

ただ、彼の答えを待ちながら、勤務先で会い、会いながらも彼を求めるのは、それ自体が拷問だった。

「ミリーは今どこにいる?」ローマンは小さなささやき声で尋ね、目には抑えた感情が渦巻いていた。

「きみが勤務中、ミリーはどうしてるんだ?」

心臓が飛び出しそうになりながらも、サディはローマンに手を伸ばした。「家で私の妹と一緒にいるわ。グレースは経験豊富なナニーで、彼女以上に信頼できる人はいないわ」サディはローマンに知ってほしかった。娘は安全で、ちゃんと面倒を見てもらっていると。たとえ彼が父親になる準備ができておらず、決して準備などできないかもしれなくても。

彼はうなずき、安心したようだが、唇を噛《か》みしめ、さらにききたいことを我慢しているかのようだった。

「あの子の画像を見る?」サディはきいた。ローマンが明らかにミリーを気遣っているのに勇気づけられ、彼の答えに身構えた。「ノーと言ってもいいのよ」ローマンをせかしたくなかった。それでも彼は心を痛め、無関心ではいられないようすだった。

サディには奇跡の贈り物で、大切な愛《いと》しい赤ん坊でも、ローマンにとっては、こんなにも胸が引き裂かれるような心の葛藤をもたらすとは耐えがたかった。彼は一方で、当然のように好奇心を抱きながら、他方では、悲しみと疑念に圧倒されてもいた。

ローマンはうなずいたが、ごくりと喉を動かし、何と言えばいいのかわからずにいるようすだった。

不安で胃を締めつけられながら、サディはポケットから携帯電話を取り出し、最新の赤ん坊の画像を映し出した——ミリーが天使のように眠っていて、小さな指をぽっちゃりとした拳に丸めている。

ローマンは携帯電話を手に取ったが、その手は震え、取りつかれたようにじっと視線を注いでいる。

こんなに途方に暮れた彼は見たことがなかった。画像をじっと目で追い、口元を片手で覆う。ふいにもれた声を押さえるように。苦しみの声か喜びの声か、あるいは両方か、サディにはわからなかった。

「画像だとわかりにくいけど」ミリーのために思い描いた夢への共感と悲しみで、サディの声はかすれていた。「この子の目はあなたと同じよ。生まれてすぐ私を見あげて、あなたの目だとわかったわ」

「ミコとそっくりだ」ローマンはささやき、苦しげな視線が携帯の画面に釘《くぎ》づけになった。

鼓動がこめかみにまで響いて、サディに希望が芽生えた。娘を見た彼の反応に期待が持てるのでは？

そのときサディの携帯電話が鳴り、耳をつんざく電子音が、ぎこちなくも親密な瞬間を破った。ローマンが携帯電話を返し、やつれた顔を手でこする。

サディはサンシャイン病棟の看護師と話した。知らせを聞き、心配そうな顔でローマンのほうを見る。

「ジョシュなんだけど」サディは言い、優先順位を仕事に切り替えた。「意識を失ったそうよ。酸素飽和度が低下、頻呼吸で、チアノーゼ。行かないと」

ミリーとローマンの関係には、まだ時間が必要だ。

「僕も一緒に行く」二人は並んで駆け出すと、数分で病棟に着いた。ベッド脇まで来ると、酸素マスクで鼻と口を覆っているにもかかわらず、ジョシュの呼吸は速く、唇は真っ青だった。

サディは聴診器をつけ、ジョシュの胸に耳を澄ませた。その間、ローマンは最新の胸部X線と血液検査の結果を確認し、ジョシュの看護師に話しかけた。

「右側の呼吸音が小さくなっているわ」サディがローマンに伝えると、ローマンは少年の胸に手をあて、自分の聴診器で呼吸音を聴いた。

「皮下気腫だな」ローマンは言い、サディにジョシュの胸を触診させると、二人は暗黙の内に自然と視線を見交わし合った。肺から空気がもれる気胸は肺炎の合併症で、ジョシュの場合は空気が胸腔内にたまって肺の一部がつぶれているだけでなく、肋骨《ろっこつ》の上の皮膚や皮下組織にもたまっているようだった。

ローマンもサディと同じく、ミコのことを考えていたのだろうか。残酷な運命のいたずらで、ローマンの息子は衝突事故を生き延び、ジョシュと同じように合併症で入院していたかもしれない。もちろん、息子のことはローマンの頭から離れないだろうから、彼はおそらく、この類似性を痛感しているだろう。

「ジョシュを処置室に」ローマンはサディに、近くで手助けすると伝えた。「ポータブルの胸部X線装置が至急必要だ」駆けつけたサミーにも言い添える。

気胸の治療には胸腔ドレーンが必要だ。サディは何度も緊急処置をしている。ジョシュの両親を呼んで口頭で同意を得ている間に、放射線技師が来て胸部X線撮影をし、診断を確定する。

互いに直感に従って、ローマンとサディはジョシュの症状を和らげるため胸腔ドレーンを挿入する準備をしていた。「きみがドレーンを挿入してくれ、僕が手伝う」二人の患者に対する彼の気遣いだった。

「ありがとう」サディは彼のプロ意識に徹したサポートに感謝した。二人は互いの考えを尊重し合うように、しばらく見つめ合った。

二人の未来がすべて見通せなくても――それはサ

ディにもわかっているのだが――仕事に関しては、二人とも個人的な問題は脇に置いておける。病院で重要なのはお互いの信頼関係だった。

ローマンは悲しげだが安心させる笑みを浮かべ、サディに手術用の手袋を渡した。

デジタルX線検査で、診断は気胸と確定した。ローマンが、ジョシュを落ち着かせるために軽い鎮静剤を点滴で投与し、体に負担の少ない低侵襲的処置を施す間、サディはジョシュの皮膚を綿棒で拭き、肋骨の間に局所麻酔薬を注射した。サディはローマンを見やり、手術の許可が出たことを確認した。

「ゆっくりと、着実に」彼が励ますようにうなずくと、サディも熱心に耳を傾けた。彼は経験を積んだ外科医で、こんな状況など簡単に取り仕切り、手術を引き受けることも、サディを残して処置室から出ていくこともできただろう。なのに彼も残ってサディを手助けし、二人の患者を彼女に託したとはっきり示したのだ。願ってもないことだった。

胸腔ドレーンで胸腔内にたまった空気を抜き、肺を再びふくらませる処置が終わると、ローマンとサディは眠そうなジョシュを看護師と両親に託した。

「よくやった」ローマンが言い、二人は手を洗って病棟のオフィスに向かった。そこでサディが、ジョシュのカルテに処置の詳細を記録することになる。

「助けてくれてありがとう――外科医とやったのはこれが初めてよ」サディは自分が言ってしまったことに気づいて、両手で顔を覆った。「ごめんなさい。〝やった〟だなんて、はしたなかったわ」

だがサディの失言でこれまでの緊張がほぐれた。彼はほほ笑み、からかい含みの熱いきらめきに目を輝かせた。「心配ない。言いたいことはわかるよ」

こんなふうにして、ここ数日サディを苦しめてきた疑念の多くが消え去った。病院では二人はよいチームだった。忍耐力と慎重さ、そして常に分かち合ってきた誠実さがあれば、きっと乗り越えられる。彼にはミリーの存在を受け入れる時間が必要だった。そして同時に励ましが……。オフィスのドアを閉めながら、サディは歩み寄って彼の腕に手を置いた。互いに触れ合うのがやめられなくなっていた。

「考えたのだけど」サディは言った。「どっちにしてもプレッシャーはないわけで、だって私は考える余地をあなたにあげると言ったのだから、でも……あなたはあの子に会いたくないの？　ミリーに？」

ローマンの口元が緊張でこわばった。

「ランチタイムはいつも妹が道路の向こうのカフェに連れてくるの」サディはひと息に言った。「私がサンドイッチを食べる間、あの子に授乳をするのだけど、一緒にどうかしら。まだ早すぎるとか、悪い考えだと思うなら、それでもかまわない。ただ、ちょっと思っただけ……わかるでしょう……私たちがここにいて、あの子が通りの向こうにいるんだから。あなただって、きっと圧倒されてしまうわ……」

サディの不意をついて、ローマンは人差し指の先を彼女の唇にあてて黙らせた。「もうおしゃべりはいい」ためらいがちな笑みが優しい笑みに変わり、彼が楽しんでいるのがわかった。「きみの言いたいことはわかっている」唇にあてた彼の指が熱をおび、サディの体はゼリーのようにとろけた。「きみは何時にそこに行く？」彼が尋ね、手を脇におろすと、サディはもう一度ふれられたくてたまらなくなった。

「午後一時よ、もちろん緊急の場合は別だけど」

「約束はできない」後ろ手にドアノブに手を伸ばす。

「わかったわ」サディはささやいた。彼にがっかりさせられずにすんで感謝し、同時にミリーが思いやり深い父親に会えない日がまた来るのかと落胆した。

部屋を出る前に、ローマンはサディに最後の視線を投げかけた。混乱と痛みにとらわれた視線だった。

8

ローマンはカフェの窓越しに中を見やり、不安で息が苦しくなった。店は昼時の食事客で混んでいたが、見慣れたサディの姿は奥のほうのテーブルにすぐ見つかった。明らかに一卵性双生児とわかる女性とベビーカーをはさんで座っている。ミリーの姿は確認できない。彼は数分、サディが妹と話しているのを見ていたが、サディの視線はしばしば携帯電話に注がれた。明らかにローマンを待っていて、彼の気が変わったのではないかと心配している。

サディへの同情心が胸にあふれてきた。この状況はどちらにとっても容易ではない。不妊症と診断されたサディにとって、赤ん坊は大きな喜びだったはずなのに、秘密にせざるをえず、ローマンに赤ん坊を受け入れる時間まで与えた。それも彼女がローマンの過去を知り、彼がどんなにか……傷ついているに違いないと理解したからだ。ローマンは天にも昇る気持ちで、赤ん坊に会ってみたくてたまらないのに、同時に不安でたまらず、心細さも感じていた。

娘がいると知った瞬間からずっとそうだったのだが、どうしても会いたくなり、ローマンはカフェに足を踏み入れた。サディが娘との顔合わせを口にした瞬間、彼はほかのことを考えて気をまぎらそうとしてきた。ミリーに会えばもちろん、カロリーナとミコを失って以来ずっと保ってきた精神状態を危険にさらしかねない。だが、今となってはもう遅い。

赤ん坊の存在をなしにはできず、距離を置くこともうできない。ひと目でも会う必要がある。そうすれば葛藤に満ちた考えを整理し今後の計画を立て、ここ数日のうつろな心の麻痺《まひ》状態から前進できる。

ローマンは飲み慣れない紅茶を注文し、サディがいるテーブルに向かった。二人の女性が顔をあげた。

「グレース、こちらがローマン・イエジェクよ」サディは慎重な抑えた声で言ったが、ローマンと視線が合うと、いつもの興奮で瞳が輝きを放った。「グレースは妹よ。見てわかると思うけど、以前、話したとおりよ」ローマンに言い添える。

「やあ」ローマンは言い、その女性にほほ笑みかけた。サディにそっくりだ。彼らが働いている間、娘の面倒を見てもらっていると、サディが言っていた。

「こんにちは」グレースは立ちあがるとベビーカーをサディのほうにそっと押し、バッグに手を伸ばした。「二人だけのほうがいいわよね。私……電話をしないといけないから」気を遣ってその場を離れる。

「座ったら?」サディが彼の動揺を察して言った。

ローマンは言われるがままに体を折りまげ、椅子に座った。自分がひどくもろくなった気がして、一歩間違えば、粉々に砕け散ってしまいそうだった。

サディがテーブル越しに手を伸ばし、ローマンの手を取った。彼は強く握りしめた。

「この子を見てみる?」サディは尋ね、思いやりと理解に満ちた、柔らかな笑みを向けた。

「ああ」ローマンは答えたが、声がとぎれ、心の内の感情のせめぎ合いがあらわになるのを恐れているようだった。ローマンはこの四年、さらなる苦しみから彼自身を守るために感情を抑え、二度と人に心を開くまいとしてきた。我が子を見たいと切望しながらも両手を拳に握り、ベビーカーを自分のほうに向けまいとしている。罪悪感のせいだろう。傷心を抱えるがゆえに、赤ん坊にふさわしい父親にはなれないというだけでなく、新たに赤ん坊を迎えるのは、ミコへの裏切りのように感じられてしまうからだろう。娘を知れば、息子を忘れてしまうかもしれない。

「授乳のあと、眠ってしまったの」サディは説明し、娘が見えるようにベビーカーを彼のほうに向けた。

時間が止まった。ミリーは顔の両脇に拳を丸めて眠り、繊細なまつげがふっくらした頰に三日月のような影を落としている。サディから娘がいると聞かされるまで、ローマンは人とのつながりを持つことをずっと恐れてきた。悲しい経験をして感情をずたずたに引き裂かれたからだ。それでも運命には別の考えがあったらしく、二度とほかの誰かを愛するような弱い立場に身を置かないという決意を彼から奪ってしまった。そして二人にミリーを授けてくれた。

「かわいいでしょう」サディが言い、赤ん坊をじっと見つめる。表情には母親の愛情があふれ、ローマンの体の緊張をほぐしてくれた。彼はカロリーナがミコをこんなふうに見ていたのを思い出した。

「兄にそっくりだ」ローマンは声を詰まらせ、胸に新たな悲しみが迫ってきて、ミリーと同じころの最愛の息子を思い出していた。ミコは今なら十歳だ。完璧な兄で、愉快な責任感のある模範的な男の子に育っていただろう。「でも、きみにも似ている」

ローマンはサディと視線を合わせた。感謝と狼狽《ろうばい》で鼓動が乱れて、平静を保とうと必死だったが、サディの美しい瞳には涙が浮かんでいた。ローマンは彼女の頰を包み込み、親指で涙をひとしずく拭った。

「ごめんなさい、ローマン」サディはまばたきして涙を払った。「もうこれで十分なら、それでいいわ。あなたが今どんな気持ちか想像もつかないけど、これがあなたにとってどんなにつらいかわかるから」

ローマンはごくりと喉を動かし、サディの分別と思いやりに胸を打たれた。もっと違う反応だってできたのに。「でも、このことを知ってほしかったの。私にとっては……」サディは胸に、心臓の上に手をあてた。「ミリーがすべてなの。この子は私に経験できるとは思ってもみなかった機会を与えてくれた。私にとっては奇跡のような存在で、とても深く愛されているし、これからもずっとそうあり続けるわ」

サディは、もしローマンが勤務地を転々とする今の生活を続けたいなら、父親の責任からは自由でいられると彼に伝えようとしていた。それでも確信に満ちたサディの熱い言葉は、ローマンをかえって落ち着かない気分にした。彼はまだ自分がどうしたいかわからず、この数日、思い描いたシナリオはどれもが納得のいくものではなかった。

「ミリーの子育てには加わりたい、経済的にだが」ローマンは言い、咳払《せきばら》いをした。ほとんど即座にそう決断をくだし、責任をはたすという意識は苦もなく容易に訪れた、ただ一つの確信だった。

サディは顔をしかめた。そんな考えは一度も頭になかったかのように。「その必要はないわ。知ってのとおり、私はちゃんと仕事についてるし、この子は何不自由なく暮らせるもの」

ローマンは口元を引き締め、サディの口調が少し弁解がましくなっているのにすぐ気づいた。「責任を分かち合うのは僕には必要なことなんだ。何と言っても、僕たちがこの子の親なのだから」

二人の娘の養育にかかわらずに立ち去ることなど、ローマンの頭をかすめもしなかった。

「そうね……」サディは用心深くうなずいた。「あなたが望むなら」またしても、あいまいな言葉が出てきた。〝望む〟などと。

「人生は常に望みどおりになるわけではない」ローマンは言い、赤ん坊に目を向けた。二人ともそれはよくわかっている。経済的な支援は、彼がすぐにできる現実的な方法で、さんざん傷ついた心のかさぶたを無理にはがすようなことにもならない。

ローマンは携帯電話を開いて時間を確認した。画面が明るくなって、サディは背景画像を見やった。

「それがミコ？」サディはきいた。さまざまなことを知り合った二人からすれば、当然の好奇心だった。

ローマンはうなずいた。お気に入りのカロリーナとミコの写真を見るといつも感じる胸の痛みにもかかわらず、携帯のロックを解除してサディに渡した。

「僕がこの写真を撮ったとき、ちょうどカロリーナがミコをくすぐったところでね」ローマンは言い、サディが目を見開き、口元に優しい笑みを浮かべて写真を見つめているのを見守った。もちろん彼は大げさに言ったのだろうが、楽しそうに笑う彼の息子の喜びようは、誰もを笑顔にするに違いない。

「この子はほんとうにあなたのミニチュア版ね」驚きの声でささやく。「髪は母親のブロンドだけど」

「赤ん坊のときは黒っぽかった、ちょうどミリーみたいに」ローマンはもう一度、眠っている娘を見やり、感情が胸に迫ってきた。またあんなふうになれるだろうか。このいたいけで無垢《むく》な娘にふさわしい父親になれるだろうか。なれなかったらどうする、ミコにしてやれなかったように、うまくいかなかったら？　だが今さら立ち去れるだろうか。すでにこの娘を愛し、その存在を知ってしまったあとで？

サディが携帯電話を返すと、彼は時間を確かめ、顔をしかめた。「行かないと。外来診療の時間だ」

「そうね。あなたは……大丈夫？」

ローマンは無意識にうなずいたが、あまりの展開にたじろぎ、せめぎ合う気持ちに圧倒され、とても〝大丈夫〟と言える心境ではなかった。ミリーがいる今、大丈夫でいられるだろうか。子育てには責任がともなう。子供の安全と幸せへの不安は尽きない。

携帯電話をポケットにしまっても、ミコの笑顔は鮮やかに胸に焼きついていた。もちろん親になる喜びや抑えきれない愛情は不安や疑念を十倍も上まわる。「電話するよ」ローマンは立ちあがり、サディの肩に手を置いた。「話す必要があるのはわかっているが、今夜は当直なんだ」経済的な援助だけでなく、何か安心感を与えられればと思った。

サディはうなずき、ローマンの手を握った。「あなたが話せるようになったら、私がここに来るわ」

問題は、何より大きな不安は、ミリーにふさわしい父親になる心の準備など、決してできないのではないかということだった。以前に一度経験したとはいえ、彼の思いの大部分では、息子のミコの期待に応えられなかったのではないかと考えていた。

彼は医師であり、男の子の父親で、息子が最も必要としたときそばにいてやるべきだった。現実には無理でも、それは慰めにならない。自分の悲しみに折り合いをつけ、正しい道筋をちゃんとつけられるまで、彼はほかの誰の期待にも応えられないだろう。

翌日の夕方、サディは救急外来を去ろうとしていた。その日最後の患者で、虫垂炎の疑いのある七歳児を入院させたあとだった。すると、看護師が新たに運び込まれた救急患者の診察を求めてきた。

「生後九カ月の男児、異物誤飲で蘇生室《そせい》にいるわ」

看護師は言い、サディに救急搬送の概要を手渡した。

サディは蘇生室に急いだ。救急外来に搬送されてきた重篤な患者がそこで診察を受ける。窒息はすべての親が恐れる危険な症状で、サディは自己紹介をしながら、不安げな両親が気の毒でならなかった。

赤ん坊はサムという名で、むずかりながらよだれをたらし、息を吸い込むたび、喉から荒い音がもれた。

「サムの喉に異物が詰まっているようですね」両親から症状について簡単に話を聞いたあと、サディは説明した。両親はサムが何かをのみ込むところは見ていなかった。サディは聴診器に手を伸ばし、男の子の肺の音を聴き、口の中を見た。「気管の最上部か食道のどちらかに詰まっている可能性がありますので、胃にチューブを挿入します」声は平静を保ったが、切迫感に血が体を駆けめぐっていた。「のみ込んだものはほとんどがそのまま腸を通過します」

サディは続けた。「ですが、この異物は通りすぎずにとどまって、サムの呼吸に影響を与えています。ですから、いくつか検査をするつもりです」

心配顔の両親がサムをあやしている間、サディは緊急の胸部X線検査を命じ、当直の外科の研修医をポケベルで呼び出した。もし異物を早く取り除かなければ、組織が傷つき、傷跡を残しかねず、サムは合併症に長く苦しむことになる。

「同僚の外科医にも診てもらいます」サディは両親に説明し、ミリーに思いをはせた。娘はこの子とはほんの数カ月違いだ。「鎮静剤を投与し、少し処置が必要になって、喉をのぞき込んで、詰まっているものを取り除くようになるかもしれません」

サムの両親は見た目にもはっきりと動揺を深め、サディは二人を救急診療科の看護師に託した。看護師は根気よくサムをなだめ、酸素吸入用のカニューレを鼻に装着しようとしていた。サディが胸部X線の画像を見ているところへ、ローマンが入ってきた。

「何かあったのか」ローマンは尋ね、サディの脈をはねあげる、あの笑みを浮かべた。彼がそばに来てサディの肩越しに画面を見つめると、コロンの香りがサディの五感をくすぐった。サディは粟立《あわだ》つ体全体で反応し、彼に会えて心から喜んでいた。「異物誤飲だな」彼は言い、サディの近くにいてもまったく動じていないかのようだった。サディが彼との軽いふれ合いで炎にのみ込まれたような気分でいるときに。「プラスチック片のようなものかな」

「私もそう思うわ」サディは同意し、自分の身を守るように体をそらした。「もう帰ってもよかったんじゃないの？　昨夜は当直だったでしょう」

サディは彼の目元の疲労の陰に気づき、くしゃくしゃの乱れた髪と、しわだらけの手術着にも気づいた。彼は職場で私生活は見せたがらなかったのではないだろうか。かつては仕事中毒《ワーカホリック》の傾向があると認めていた。でもそれはミリーにとってどんな意味を持つのだろう、二人の……今の状況には？　おそらく彼はそんなことは考えもしないだろう。

「病院を出るところだった」ローマンは言った。

「でも呼ばれた研修医が忙しくて、僕がどんなようすか診に行こうと、代役を買って出たんだ」彼はサディと視線を合わせた。「お気遣いありがとう」

「どういたしまして」サディは言い、慌てていた。今夜の彼は新たな決意を胸に秘めているようで、それがとてもセクシーだったからだ。

「では、この小さな患者の処置にかかろう」議論はもうやめて、彼はカーテンの向こうに入っていった。サムと両親が待っている。サディもあとに続いた。

赤ん坊は酸素吸入用のカニューレを鼻につけたが、絶えず手でつかんで顔から離そうとしていた。サムはローマンに目を向け、次々現れる見知らぬ怖い人々の中に、さらに新しい人物が加わったのを見て、悲しげな涙があふれてきた。

ローマンは少しも動じず、不安げなサムの両親に自己紹介した。「ドクター・イェジェクです。ドクター・バーンズがサムの喉に異物が詰まっているのを正確に確認しました」ローマンは即座に、むずかるサムに携帯電話を差し出した。赤ん坊は一瞬にして静かになり、明るい画面に気をとられた。

サディは切望に駆られてため息をついた。彼はとても有能だ。子供の扱いに慣れていて、親の気持ちにも寄り添える。二人の再会以来、サディは何度想像しただろう。彼が悲しみを乗り越えたら、幼い娘にとってどんな父親になるだろうと。でも彼はまだ今以上の立場を受け入れる心の準備ができておらず、サディはそれを受け入れねばならないかもしれない。

「異物がどんなものであれ、体に害をおよぼす前に取り除かねばなりません、いいですね？」ローマンは穏やかだが力強い口調で言い、サムの両親を落ち着かせた。両親は同時にうなずいた。ローマンはサディに視線を向け、このやりとりに加わらせ、話を続けた。「サムに軽い鎮静剤を投与します。これを通してです」サディがすでに赤ん坊の腕に刺した点滴用の翼状針を示す。「さらにドクター・バーンズと僕とで内視鏡を、小さなチューブ状の望遠鏡のようなものですが、サムの喉に挿入し、異物をちゃんと見つけて取り出します。質問はありますか？」

夫妻は首を横に振り、ローマンの現場を取り仕切る力に驚きながらも安堵《あんど》の表情を浮かべた。

サディは息をつき、胸の高鳴りを抑えようとした。ローマンはサディを引き合いに出し、意志決定の場に参加させたことで二人は再び同じチームになった。

ローマンがサムの父親に、医療処置への同意書にサインを求めている間、サディは点滴で軽い鎮静剤を投与した。「お望みならサムのそばにいてあげてもいいですよ」サディは両親に言い、その間にも赤ん坊は父親の腕に身を寄せて眠そうにしている。「でもすぐに眠り込んでしまって、あなたがたがいることもわからなくなりますよ。処置を受けるのを見ているのがつらくなるかもしれませんから、ファミリールームで待っていてはどうですか。処置が終わり次第、スタッフを迎えに行かせます」

両親は同意し、サムをベッドに寝かせた。看護師が鼻の酸素カニューレを調整し、血中酸素飽和度をモニターするパルスオキシメーターにつないだ。

両親が立ち去ると、ローマンはサディに近づき、そっと視線を向けた。「心理的《サイコ》・社会的《ソーシャル》な面での懸念はないかな？」彼は尋ね、手術用の手袋をはめ、内視鏡の準備をした。悲しいことに、小児医療にかかわる者は、子供に接するとき育児放棄や目に見えない心の傷にも常に注意を払わねばならない。

サディは首を振った。「サムには兄がいるけど」自分も手袋をつける。「床に転がっていたおもちゃでもつかんだのじゃないかしら」しばらくの間、二人は見つめ合い、親として互いの理解と感情を深め合った。あるいは単にサディが頭の中でそう思っただけだったのかもしれない。希望的観測だ。

「よし。とりかかろう」ローマンが彼女の腕に軽くふれ、そばに立つよう指示し、内視鏡のデジタル画像が映し出される画面を二人で見られるようにした。ローマンがマウスピースを挿入し、チューブ状の内視鏡をサムの喉に通していく間、サディが赤ん坊の呼吸を注意深く観察している。

「これだな」ローマンが言い、画面に映し出された画像を示した。ほっとしたようすでサディをちらりと見る。「食道の一番上だ」

「確かに。プラスチックのブロックね」

「ああ、僕の釣りの腕前の見せどころだな」ローマンは言い、プラスチック片をつかもうとして、内視鏡の先端から小さな鉗子《かんし》を伸ばした。


何回か試して、ローマンがようやくその異物をつかんだとき、サディはほっと大きく息をついた。

異物を回収し、内視鏡を抜き取ると、ローマンは手袋をはずして看護師の一人に声をかけた。

「両親にうまくいったと伝えてくれないか。今夜はサムを観察入院させよう」

ローマンは安らかに眠る赤ん坊を見おろした。障害物が取り除かれて、今は呼吸もなめらかだ。

サディは驚きの目で、じっと彼を見つめた。ローマンが手を伸ばし、サムの頭を優しくなで、チェコ語で何かつぶやいている。サディは体をこわばらせ、語りかけているしぐさに魅了された。彼は患者と家族をほんとうに大切にしている。彼が顔をあげ、二人の目が合った。一緒に仕事をするたび、二人の結びつきが深まっていく気がした。病院では信頼し合っていたが、私生活でも同じようなつながりを切望していた。確かなことなど何もないのに。

ローマンはきまり悪げにサディを見つめた。「何だい？」丸めた手袋を近くのごみ入れに捨てた。

「何でもない」サディは言った。ローマンの腕の中に身を投げ出し、彼がどんなにすばらしいか伝え、自分と同じ手放しの欲求で求めてほしかった。

「もう帰るのか？」サムの入院の事務処理を終えながら、ローマンは尋ねた。「話があるんだが」慰めたくなるような傷ついたまなざしを向けてくる。

「そう、今日はこれでおしまい」並んで救急外来をあとにしながら、サディの胃で緊張が高まった。話はまだいい。今は二人が抱えるどうにもできない情熱で、頭の中の疑念をすべて鎮めたかった。

「僕の話を聞いて驚かないでほしいんだが」ローマンは話し始め、サディが通れるようにドアを開けて支えた。二人はスタッフのロッカールームに向かっていた。「ミリーの人生の一部になろうと決めた」

サディは足取りがおぼつかなくなり、まるで煉瓦《れんが》の壁の上を歩いているみたいに鼓動がはねた。「ローマン、結論を急がなくていいのよ。私からプレッシャーをかけるつもりはまったくないから」

「きみからプレッシャーがないのはわかっている」彼はパスワードを入力してドアのロックを解除し、ロッカールームに入っていく。「だがこの結論はここからやってきた」彼は固めた拳を胸の真ん中に押しあて、声を高ぶらせて言った。

ドアが二人の背後で閉まると、ローマンは歩み寄り、サディの両腕に手を添えた。「僕は毎日、職場で、病院の近くを歩いているときでさえ、赤ん坊を見かける。そんなとき頭の中にあるのは、僕の赤ん坊のミリーのことばかりなんだ」彼の視線が懇願するようにサディの目を探る。「いろいろと考えてしまって、間違ったことをしそうな気がする。家のオーブンをつけっぱなしにしてしまうとか、空港にパスポートを持っていくのを忘れてしまうとか、手術室で外科手術用の鉗子をなくしてしまい、患者はもう病棟に戻ったあとだったとか……」

サディはごくりと喉を動かし、胸に共感の痛みを感じた。「わかるわ」もちろんサディにもわかった。もし立場が逆で、サディに会ったことのない娘がいたら、一日たりとも離れていられないだろう。でも二人の境遇は違っている。ローマンには、ミリーの存在もまた、つらい記憶を呼び覚ますものだった。

彼のこの突然の心境の変化を別にすれば、サディの血管にはいつも何かへの恐れが流れていた。

「たとえば、サムにしても」彼は続けた。「あのとき、もしミリーが手術や救急処置を必要としたらと想像せずにはいられなかった。きみもそうだろう」

サディは無言でうなずいた。まさにそう考えたからだ。でもローマンは、親が経験しうる最悪の出来事を耐え忍んできている。まだ完全に心を開く準備はできていないかもしれない。サディは、信頼するのに苦しむような性急な約束はしたくなかった。

サディの心を読んだように、ローマンは続けた。「僕はまだ何の約束もしていない」心からの率直な気持ちをこめて言う。「でもこの数日で娘にちゃんと会って、よく知る必要があるとわかった。見逃してしまった時間を何とかして取り戻すべきだと」サディの背筋に疑念の悪寒がはいのぼったのを察したのか、ローマンはサディの手を取り、その感触に彼女の戸惑いはさらに大きくなった。「どう思う?」

サディは喉につかえる恐れのかたまりをのみくだした。彼が娘に会うのに同意したのに、どうして彼を否定できるだろう。日を追うごとに彼を身近に感じ、ミリーには父親が必要だと思ったのに。

マークへの判断を誤ったことを除いても、サディはいまだに自分の直感を信じられずにいた。未来に目を向けるのはいやで、今さら新たに始めるつもりはなかった。それでも注意深く、彼への欲求を抑えられれば、物事をゆっくり進め、職場でできているように、私生活でも信頼関係が築けるかもしれない。

彼の目にちらつく興奮を必死で無視しようと、サディは両手を伸ばして彼の腕をつかんだ。「ゆっくり進めていきましょう」ローマンを娘から遠ざけることは決してないが、この急な方針転換は……サディを不安にさせた。「いずれにしても、あなたは数週間後にはアイルランドに行くのだから」

彼はかすかに眉をひそめた。だがそれは二人にとって、慎重にことを進めるべきだと思い出させるきっかけになった。サディがローマンとどんなに親しくなろうと、彼はロンドンを離れることに変わりないのだから。サディの世界で最も大切なミリーを彼に託すのは自分の直感を信じ、大きな賭《かけ》に出ることを意味する。昔うまくいかなかったにもかかわらず。

「もちろん、あなたとミリーには互いをよく知っていてほしい」サディは言った。これは娘のための賭であり、ローマンのための賭でもある。「あなたにほんとうに心の準備ができているなら……」

彼はサディを抱き寄せ、頭のてっぺんにキスした。「ありがとう。一日一日を大切にしていこう」

サディはローマンの胸でうなずき、そのまま抱かれていた。彼にふれられて体が反応し、喜びと自制心とがせめぎ合い、頭の中は綿が詰まったようで何も考えられず、愛撫《あいぶ》への切望と愛する赤ん坊を守りたいと願う母性本能とが争っていた。それでもほかにも多くのことが起こっていて、こんなことはサディの頭の中であとまわしにしなければならなかった。

「ところで——」彼は体を離し、不安げな目でサディを見つめた。「明日、三人で出かけるのはどうかな。ミリーを動物園に連れていけるといいんだが」

彼は明るい希望に満ちた表情になり、サディはかすかにほほ笑んで、うなずいた。「いいわね」

9

二人は動物園の正面入り口を入ってすぐの水族館のそばで待ち合わせた。ミリーのベビーカーを押してくるサディを見つけた瞬間、ローマンはほっと息をつき、興奮に胸が高鳴った。今日はどんな展開になるか見当もつかないが、サディとの間にかわいい赤ん坊ができたという事実を受け入れるときだった。

ローマンはもう離れていられず、二人のほうに歩み寄ると、ミリーにじっと視線を向けた。ミリーは目を覚ましていて、小さな毛糸の帽子をかぶり、毛布に覆われている。つぶらな青い瞳に心を奪われ、彼は凍《い》てつく空気を肺いっぱいに吸い込み、立っていられなくなりそうな感情の大波に足を踏んばった。


一番の驚きはすぐに愛情を感じ、守ってやりたいと思う保護本能に目覚めたことだった。だがそれも胃を締めつける恐怖心や、肋骨《ろっこつ》に熱く刺さる罪悪感を完全に払拭するほど強くはなかった。

「長く待った？」サディは尋ね、息を切らして立ちどまり、気遣うように彼の表情を探った。

「さほどは」ローマンは嘘《うそ》をつき、身をかがめてサディの冷たい頬にキスした。病院の中ではないので、ためらいはなかった。彼はかなり早く着いていた。病院の付属施設のワンルームのアパートメントで壁に囲まれていると、いても立ってもいられなくなってしまったのだ。彼はサディの手を取り、娘を見おろすと目が離せなくなった。「今日はありがとう」

サディはほほ笑み、ローマンの手を握りしめ、安堵《あんど》の息をついた。「気分はどう？　大事な日ね」

「緊張している」恥ずかしかったが、正直に認めた。

サディは同意してうなずいた。美しい瞳が思いやりに満ちている。「一緒にゆっくり進めましょう」

このすばらしい女性がよくわかってくれていることに感謝し、持ってきた小さな贈り物を差し出した。「ミリーに。あとで開けてくれ。外だと寒いから」サディが贈り物をバッグにしまうと、彼は水族館の展示室へのドアを開けた。「魚を見に行こう」

水族館の中に入ると、サディはベビーカーを停《と》めてミリーのストラップを外し、帽子を脱がせた。静電気がミリーの細いうぶ毛を逆立て、サディは声をあげて笑い、ミリーもほほ笑んだが、もちろん何がおかしいのかわかっていない。ローマンの心臓に、まるで電気ショックを受けたような衝撃が走った。

ローマンはサディが娘にほほ笑みかけるのを見ながら、赤ん坊への抑えきれないサディの愛情と喜びと、畏敬の念とを目のあたりにしていた……。ローマンがずっと心にとどめておこうとした母親の愛情を示す、美しい瞬間だった。彼がカロリーナとミコと過ごした、ほかのいくつもの瞬間と同じように。

よき時代の思い出に彼の胸は痛み、幸福感は罪悪感と悲しみに染まっていった。なぜならあんな機会はもう訪れないからだ。サディがサンゴや色とりどりの熱帯魚が美しい、視界三百六十度の水槽を歩きまわり、ミリーを抱えあげてガラスに近づけ色鮮やかな違いを見せる生き物たちを指し示す。ローマンは母娘について歩き、驚き息をのむ二人を見守った。

彼に、もう一度父親になる資格があるだろうか。心のどこかに、家族の死について責任を感じる、自分でも説明のつかない部分があるのに。彼は何年も答えの出ない疑念に苦しんできた。あの夜、勤務につかず、彼が車を運転していたら？　家族のそばにいて、医療技術を発揮できていたら？　家族全員で家にいれば、無事でいられたのではないか？

どうして今日、感情を抑えられると思うんだ？　娘の笑顔をひと目見ただけで、こんなにも無防備で、気持ちがむき出しになっているのに。

「ミリーの父親について人には何と言っている？」

サディが身をこわばらせ、娘に向けていた笑みが消えた。「あまり……話してないわ。妹があなたを知ってるのはわかったでしょうけど。でも病院では誰も知らない。そういうことが気になるのなら」

ローマンは肩をすくめ、どこか奥深い根っこの部分では、自分がこの美しい赤ん坊の父親だと世間に知らせたい欲求に駆られていた。「気にはしていない。ちょっと興味があっただけなんだ」

彼とサディがどんなふうに出会ったかは二人の問題だ。彼らはカップルではない。そして明らかに、サディは彼がミリーの父親だと病院の誰にも知られたくないようだ。「あなたは誰かに話したの？」

ローマンはうなずいた。「両親ときょうだいに」

「何人きょうだい？」

「五人だ。大家族でね」

「五人？」サディは驚きに目を見張った。

彼は笑みを浮かべ、話題を変えた。チェコの家族にはいつかミリーを会わせたいと思っていた。きょうだいの家族ごとに毎日会うようになるだろうが。

「この子は順調か？　食べて、眠って、ちゃんと育っているのか？」ミリーを腕に抱いてみたくなった。

サディはローマンに笑みを向けた。赤ん坊は母親の腕の中で満足げだった。「完璧よ。この時期の子ができることは何でもできるわ」

ローマンは喉のかたまりをぐっとのみくだした。この子は完璧なのか。

「腕に抱いてみる？」サディは尋ねた。リラックスした表情で、励ますような口調だった。

「ああ」ローマンは本能的に両手を広げた。胸の鼓動は激しかったが、腕の中に赤ん坊の重みを感じ、小さな鼓動を感じ、本物だと知りたかった。彼の娘だと。サディは明るい笑みを浮かべてミリーを手渡した。赤ん坊にはこの人は大丈夫だと言い聞かせて。

ローマンは大切な娘を抱きしめた。頭を垂れて温かい赤ん坊の香りを吸い込み、記憶に長くとどめようとする。彼は目を閉じ、原始からの感情の波にひたされた――親子の絆《きずな》を確かめ、激しい保護本能に見舞われ、深い愛情を感じていた。

「大丈夫よ」サディはミリーに語りかけて安心させると、腕を彼の背中にまわし、親密な三人だけの世界に包み込んだ。ローマンは一瞬、三人が家族だったらと想像した。だが彼はすでにそう想像したことがあった。パニックの震えが背筋をはいおりた。

彼はこの子にふさわしい父親になれるだろうか。子供をもう一人再び愛するかと思うと、ミコを忘れてしまいそうな恐怖に血が凍りつくようだ。それでもミリーに会って腕に抱き、実の娘と認めた今、無垢《むく》な娘を愛するにはあまりにも打ちひしがれていると考えると、耐えられなかった。ミリーの存在を知ってからというもの、日を追うごとに娘をもっと知りたい、安全で幸せだと確かめたい、守って面倒を見てやりたい、そんな衝動にずっと駆られていた。

「ポクラト……」ローマンはささやき、ミリーの頭のてっぺんにそっとキスした。

「何て意味？」サディは尋ね、彼の腕に頭を預けた。

「この子を〝宝物〟と呼んだのさ。チェコ語の愛情表現だ」視線がサディの柔和な笑みに注がれた。寄り添われて彼の気持ちが少し落ち着いたようだった。

「この子が大切なのね」サディがうなずき彼の瞳をじっと見つめる。彼女は傷ついたローマンの心に慰めを与えてくれた。最初はウィーンで、情熱の一夜が彼を前向きで明るい気分にしてくれた。そして再び、娘がいると知らせて彼の世界をひっくり返した。

「ありがとう」彼はささやき、サディへのさまざまな感情から、感謝の気持ちを紡ぎ出そうとした。

「ありがとうだなんて、なぜ私に？」サディは激しい感情と欲求のきらめきで視線を泳がせていて、ローマンはそれを見て気が楽になった。

「こんなにすばらしい赤ん坊を産んでくれて」彼は心からの敬意をこめて、低い声で言った。「この知らせを受け入れる時間を与えてくれて、この子を僕に会わせてくれて」最後の言葉で彼の声がとぎれた。

サディは彼の腰にまわした手に力をこめた。「この子の最初の二カ月に会えなくて、ごめんなさい」

彼は悲しげな笑みをサディに向けた。「僕が時間をむだにしたからだ。ばかな決断をして、見ず知らずの女性を誘惑し、名前も電話番号もきかなかったばかりに」サディが見つめ返し、彼女の体のぬくもりを感じる。サディの顔を近づけ、キスするのはとても簡単で、ほとんど自然なことのように思えた。

ローマンの一部では、二人の相性のよさを、強まる結びつきを、さらに深めようと躍起になっていたが、残りの部分では、そんなことは脇に置き、ミリーのほうに全力を注ぐべきだと確信していた。

「この子もあなたを誘惑してるのよ」サディはささやき、明らかに彼と同じ板ばさみに苦しんでいた。

すると驚くべきことが起こった。ミリーが笑みを浮かべ、最初はサディに小さな拳を振り、それからローマンを見あげた。彼は息をのみ、心の中で何かが音をたててはじけ、さっと光が差し込んだ。

ローマンは自分が再び父親になれるかどうかわからなかったが、この小さな家族の一員になるために与えられたすばらしい機会をむだにしたくなかった。

問題はローマンが一箇所に根を張ることができるかどうかだった。そしてその根っこは彼とサディにどんな意味を持つだろう。絶え間ない試練となるのか、予期しない何かを築く土台となるのか。

ローマンはテーブルにトレイを置き、動物園の森のカフェで、サディの隣に座った。「お茶と水を買ってきた。授乳期の母親には水分補給が必要だ」

「ありがとう」サディは喉の大きなかたまりをのみくだした。この日の興奮で気持ちが高ぶっている。仕事を離れてローマンと過ごす時間は、ほんとうに楽だった。二人の自然な結びつきが戻っている。

わずかにためらいを見せたあと、ローマンは見ていられないほどの驚きぶりと優しさを発揮して、ミリーを抱きしめた。大事そうに抱きかかえ、おかしな顔をして喉をごろごろ鳴らすミリーを感心したように見つめ、チェコ語で何かささやいた。

父と娘の絆を目のあたりにし、こんなにも心が浮き立つ瞬間に、サディは反応せずにいられなかった。ローマンは子供を溺愛する父親そのものだった。

ミリーは授乳が終わると、数週間前とは違って、いつもなら眠ってしまうのに、今は周りの見慣れない景色や物音に熱心に目を向けている。

「きみはお茶を飲んでくれ、あとは僕がする」ローマンは言い、サディが授乳後のげっぷ用に持ち歩いている、モスリンのよだれかけに手を伸ばした。娘に授乳して、愛情ホルモンでいっぱいになっているだけよと自分に言い聞かせながら、サディは赤ん坊を手渡した。ローマンがミリーを腕に抱き、息をのむような笑みを浮かべて娘を見おろす姿に、サディはもう一度身じろぎした。「僕はこの子を独り占めしてるかな」悪びれもせずミリーを抱き寄せる。

彼の熱心な父親ぶりにサディは目頭が熱くなった。

「大丈夫よ、この子はあなたに会うのを長く待っていたのだから」数日前まで、ローマンがミリーを自分の娘と認めるだろうかと恐れていたことを考えると、娘にきちんと紹介されたときの彼の反応はサディの多くの不安を一掃した――ローマンの抱える悲しみへの懸念と、大切なミリーをよく知らない相手に会わせることへの恐れを。

二人は娘越しにじっと見つめ合った。朝からずっとそうだったように、このすばらしい男性への欲求の波が次から次へとサディに押し寄せてきた。新たなレベルで満たされることを求めて。サディがこれまで経験したどんなものよりも強く。今日、ローマンはサディを見つめるたび、感嘆の表情を浮かべていた。まるでまったく新しい光の下でサディを見るように。人生をともにする女性を見るかのように。

子供が夫婦の距離を縮めるとは、こういうことなのか。それでも彼女とローマンは夫婦ではないし、これからもそうなることはありえない。

ローマンがいつもほかの女性と恋仲なら、サディは人間不信や自信喪失に陥るようになる。ローマンは大家族の出身なのに、ミリーがサディの唯一の子供になる可能性が高い。彼は家族を失った痛みから逃れるために各地を転々としていて、何年も切望しながら子供は持てないと受け入れていたサディには、ミリーの複雑な親権を共有するようになると考えただけで耐えられなかった。でも現実に、ローマンが娘の人生に踏みとどまるつもりなら、そうなることこそが三人を待ち受ける未来だった。

パニックに襲われて速くなった脈拍から気をそらそうと、サディはミリーのおむつバッグから贈り物を取り出した。「今開けてもいいかしら?」

ローマンがミリーの人生の一部になりたいと願う今、どんな未来が待ち受けるか考えたくなかった。

「もちろんさ」げっぷをさせていたミリーから顔をあげ、彼が愛情たっぷりの表情に笑みを添えてサディを見た。一度の成功で浮かれてはいられない。まだ日は浅い。ミリーを自分の人生に迎えようとする彼の考えを改めさせるにはまだ十分な時間があった。

包装紙の中には、アヒルの形をしたかわいい木のおもちゃが入っていた。車輪つきで引っぱって動かせるようになっている。鮮やかな黄色のくちばしを見たとたん、ミリーがそれをつかんだ。

「木の玩具はチェコ共和国の伝統工芸品だ」ローマ

ンが説明し、サディにすり寄ると二人の腿がふれ合った。「すぐには遊ばないかもしれないが、プラハで最古のおもちゃの店の品を持っていてほしくて」

「きれいだわ」サディはささやき、痛みに曇る彼の目が、ミコのためにその店で買ったのだろうと伝えていた。「ミリーには宝物よ」

「この子はすばらしいよ、サディ」ミリーのうなじの柔らかいカールをなでながら、ローマンは言った。

「ええ」サディはかすれる声で何とか言った。このセクシーで、有能で、知的な男性が、優しい面倒見のいい父親でもある姿は、サディの弱ったホルモン過剰の体には耐え難いものだった。

家族として過ごす時間は、ミリーとローマンにはとてもすばらしいが、サディの頭を混乱させた。彼女はもう傷つきたくなかった。

「考えたのだけど」サディは言った。「あなたならミリーとは名づけなかったでしょうから、チェコ語の名前をつけたいなら、おそらくミドルネームとして加えれば、正式に出生証明書を変えられるわ」

「そうだな」彼の感謝の笑みがサディを励ました。

「それから、ミコの写真を送ってもらえないかしら。ミリーの部屋に額に入れて飾れば、成長するにつれてこの子に兄の話がしてあげられるわ」

「もちろんさ」あふれる情熱をこめて見つめ、手を伸ばしてサディの顔を包み込み、親指で頬をなぞる。

「きみは特別な人だ、サディ、そしてすばらしい母親だ」ローマンはサディのまなざしをしっかりととらえ、周囲の人々はもう目に入らなかった。「僕たちは一日一日を大切に過ごしている。だがいつか、ミリーをプラハに連れてきてほしいと思っている。僕の家族もこの子に会いたがるだろう」

「もちろんよ……思ってもみなかったわ。でももちろん、みなさんがそう思ってくださるのなら……」

恐怖で胸騒ぎがした。ローマンは誇らしげで、娘をチェコの家族に会わせたがっている。娘が成長したとき、その訪問にサディの姿は決してありえない。ローマンとミリーが、サディ抜きで過ごすかと思うと、サディは胸が締めつけられた。でも、それに慣れる必要がある。将来は親権をともに持ち、休暇もクリスマスも、誕生日も別々で、公平なやり方で娘を共有するようになるのだから。サディが先のことを考えようとしなかったのも当然かもしれない。未来はどうしようもなく不確かだった。

「そう考えると不安なんだな」ローマンは言い、理解に満ちた目で見つめた。「ミリーと二人きりで過ごすのに慣れていたんだね」

サディは首を振った。「そうではなくて、ただ、あまり先のことまで考えられなくて。人生は……予測不能で、だから、もしものことを考えて不安になるより、今この瞬間を生きようと思ったの」マークと初めて会ったとき、彼はありえないほどすばらしかった。でも、やがて現実を思い知らされた……。

「わかるよ」ローマンはそれ以上言わず、サディの手を取った。サディは身じろぎし、ここは心を開いて、ローマンにちゃんと説明するべきだと思った。

「不妊症と診断されたときからそんなふうに生きてきたのに、元恋人のマークはとても積極的な人で、いつも大げさでロマンティックな身ぶりで、夫婦の将来の大きな計画を口にしていたの。〝結婚したらバリ島にハネムーンに行こう〟とか、〝イズリントンに2LDKのアパートメントを買って、三年後にはハムステッドにもっと大きな家を建てよう〟とか、〝引退したら、スペインに引っ越そう〟とか」

サディはローマンの目に宿る同情心から目をそらした。慰めに満ちたまなざしから。

「私たちが一緒に暮らした年月、彼はずっと私を彼の夢に引きずり込んで、この先に私たちの未来が待っていると信じ込ませて、希望と楽観主義で満たしていったの。私の最大の願いだった赤ん坊を授かる夢はかないそうになかったのに」

ローマンはサディのそばで身をこわばらせ、険しい表情で顔をしかめた。

「二人だけでも幸せになれると彼は言った。だから私は信じたの。人生でこんなにすばらしいパートナーに、あるがままの私を受け入れてくれる男性に巡り会えてよかったと。するとある日」サディはローマンのぬくもりに慰められながら言った。「彼は仕事から帰ってくると、別れてくれと私に切り出したのよ、平気な顔で。私たちは婚約し、春には式を挙げ、バリに新婚旅行に行く計画を立てていたのに。彼は別の女性とも結婚を約束していたの。職場の同僚で、三カ月もベッドをともにしていて、その女性は妊娠していた。私にできないものを彼に与えようとしていて、彼はその女性を選んだのよ」

「かわいそうに、そんなひどい裏切りに遭うとは」

ローマンは言い、まなざしをじっとサディに注いだ。

「裏切られて浮気をされた女は私だけじゃないわ」サディは言い、少しぼんやりした気分で、自分の直感がマークにはどうして間違っていたのかまったくわからずにいた。「腹立たしいのは、もっといい相手が現れるまで、代用品として利用されていたことよ。そして、いざというとき嘘をついた——私の不妊症が実は問題だったのだと」

「人はいろいろと複雑な理由で浮気をする」ローマンはサディを守るために言い添えた。「これは彼のことで、きみのことじゃない」

「わかってる」サディは肩をすくめた。それでもマークの夢に、すばらしい約束や二人で描いた未来に心引かれていた。「私たちがウィーンで会った夜、彼とのことはもう乗り越えていたわ。嘘をついて浮気に走る、浅はかな男にだまされただけなのだと」

ローマンは視界がさえぎられないように頭を傾け、

サディにはっきりと目を向けた。「きみにそんな男はふさわしくない。きみは優しくて思いやりがあり、面白くて頭がいい。もっとふさわしい男が――」不用意な言葉だったのか、彼はふいに口をつぐんだ。

思わず口走った架空の男性に嫉妬したのか。娘の育児をほかの誰かが手伝うという考えを嫌ったのか。それとも単に、彼女にふさわしい男は決して自分ではないと、声に出して認めようとしただけなのか。

幸いなことに、ミリーが目をこすってぐずり始め、気まずい瞬間を避ける格好の口実が与えられた。

「もう昼寝の時間ね。帰らないと」サディはミリーにコートと帽子を着けさせ、ローマンがベビーカーに乗せて毛布をかけた。三人が地下鉄のキャムデンタウン駅まで歩いていくころには、赤ん坊はもう眠っていた。別々の方向に向かうところまで来ると、サディは駅の構内で立ちどまり、別れを告げた。

「今日はありがとう、サディ」ローマンは眠っているミリーを見おろした。「はっきりさせないといけないことがまだたくさんあるのに、辛抱強く待ってくれてありがとう」彼は表情をこわばらせ、会ったばかりの赤ん坊から立ち去りがたいようだった。

サディは目がちくちくしてまばたきした。「すべてをはっきりさせる必要はないわ。一日一日を大切に。忘れないで」ローマンはうなずき、まだ何か言いたげにためらっている。「大丈夫？」サディは同情し、胸が痛んだ。彼は一度、きっぱりとうなずいた。それでも動こうとせず、時間をかけてサディの顔を見まわし、口元に視線が何度も戻ってくる。

サディは再会した初めての日を思い出した。あの日、二人は病棟のオフィスに閉じ込められて出られなくなった。サディの体の一部は必死で逃げようとし、あとの一部では身動きもできずに彼のキスを待っていた。彼は今さらにすばらしくなり、二人の間の性的な緊張は激しく、容赦のないほどだったが、二人にはこの世界で最も大切な者がいた——子供だ。その子のために、二人は慎重になる必要があった。

もうこれ以上ぐずぐずできないと判断したのか、ローマンは赤ん坊に最後の視線を向け、さっと近づいてサディの腕を取り、頬にすばやくキスをした。

一瞬、時間が止まったようで、サディは頭をめぐらせ、唇を重ねようとした。だが反応が強すぎて、あまりにも激しくローマンを求めていた。今キスをすれば、彼を家に招いて、ベッドをともにするようになる。ただでさえ今日は二人にとって情熱的な一日だったのに。サディは一歩さがって安全な場所に身を引いた。「また明日、病院で会いましょう」

乗車カードをスキャンすると、サディはバリアフリーの通路にベビーカーを押していった。後ろを振り返らず、身も心ももつれて混乱したままで。

10

「うれしいよ、きみはとてもよくなっている」ローマンはジョシュに言い、肩に手を置いた。「胸腔ドレーンが外せたら、もっとよくなる」

ジョシュはためらいがちに笑みを浮かべた。目に輝きが戻って、明らかに快方に向かっている。ローマンは確認するように、サディにも視線を向けた。

「今朝にも外せるわ」サディはうなずき、ジョシュのカルテに書き込んだ。その間ローマンはジョシュの両親の質問に答え、彼女を見ないようにしている。

二日前、動物園に行って以来、ローマンはサディとミリーのことが頭から離れなかった。

それでも、いくら強く惹《ひ》かれ合う父と母だからといって、彼とサディの関係がすぐに前進するわけでもなかった。実際は、再び父親になる短期集中コースで、ローマンは動揺を深めるばかりだった。

彼の娘は……。ローマンはすぐに赤ん坊に夢中になった。何の迷いもなかった。ミリーは彼に、朝目覚める理由を与えてくれる。すでに彼の否定できない、永遠に心の一部となっていた。

この三人で家族になれるだろうか。関係を築きながら、父親として役割を果たせるだろうか。サディはつらい過去の経験のあと、それを望むだろうか。

すべてがうまくいかなければ、彼はすべてを失いかねない。「ドレーンを外すのを任せていいかな」ジョシュのベッド脇から去りながら、彼は尋ねた。職場以外の場所で二人になれればいいのだが。

サディと長く過ごせば過ごすほど、ミリーへの愛情をサディへの称賛と尊敬と感謝の念から切り離せなくなる。そして欲求も、欲求を忘れてはならない。

でもだからといって、ロマンティックな方法で自分の心を危険にさらす覚悟ができたわけではない。

「もちろん、私がするわ」サディは彼を見あげ、美しいもの問いたげな瞳を向けた。サディはミリーに会ったあと、彼が大丈夫なのか知りたかった。つらい過去と、幼い娘との出会いを経験した思いがけない現在とのぶつかり合いを、彼が説明できるかどうかを。カロリーナとミコの親子の愛情を目のあたりにしているだけに、彼はサディとミリーの母娘の愛情をどんなふうに見ていたのだろう。ミリーを腕に抱いて香りを吸い込み、赤ん坊の柔らかな肌に触れて、ミコとの思い出がさらによみがえっただろうか。息子の写真がほしいと言われたとき、サディの思いつめた顔は、彼をどんなにか動転させただろう。

「あの子に会いたくて」ローマンはささやいた。サディには彼が誰のことを言っているかわかっている。

「あの子は元気か？」病棟は忙しく、プライバシーもない。彼は手術室に行く必要があった。それでも、この場を立ち去りがたかった。

「元気よ」サディはほほ笑み、目を優しくきらめかせた。「勤務が終わったら家に来ない？　一緒にあの子をお風呂に入れて、オークションの話をしましょう。お話を読んで寝かしつけてくれてもいいけど」

「いいね」ローマンの胸にほろ苦い痛みが走った。

彼はミコを風呂に入れたり、読み聞かせをしたり、何度できただろう。ちゃんとはできなかった。娘とは、日々のそんなありふれた瞬間さえ、持てずにいたかもしれない。ミリーの存在を知って以来、感じていた落ち着きのなさが、新たにわいてきた。

「迷ってるのね」サディは表情を曇らせた。

ローマンは気後れや懸念をすべて打ち明けたかったが、サディから過去の話を聞かされたあとで、彼女の不安をあおりたくなかった。サディは手ひどい裏切りに遭っているのに、今は何の約束もできないのだから。彼は医師であり父親であり、恋人であるためにはどうしたらいいか考えているところだった。

まずは計画を立て、娘の人生にどうかかわっていくかを考え、一日一日を大切に生きていくことだ。

どんなふうに娘との時間を増やし、サディとの関係を続けていくかが急務だった。

それでも、この願望を行動に移せば、小さな新しい家族のもろい絆《きずな》が断たれてしまうかもしれない。

「きみがそばにいると……気が散ってしまうから」

ローマンの視線が、サディの唇の誘惑に向けられた。サディは二人の激しく惹かれ合う力が、まだ消えていないことを理解する必要があった。それどころか、さらに強くなっている。

「まあ」サディは頬を染め、笑みを浮かべた。「その危険を冒してもいいの？」

彼はうなずき、サディに触れたいと願いながら、なぜこうも惹かれる気持ちにあらがおうとするのだろうと考えた。「このことについて話し合わないと。あとでいいかな？　もう行かないと」

「私の住所をメールするわ」

もう時間を引き延ばせず、ローマンは向きを変えて立ち去ろうとした。彼の手がサディの手に脇でそっとふれた。それは彼が切望するふれ合いとは言えなかったが、その日の残りを過ごす支えとなった。

手術室に向かいながら、ローマンは大きく息を吸い込んだ。これまで各地を転々とする生活に満足していた男にとって、今夜、母娘と過ごす時間は、彼を導く黄金の光を放つ灯台のように光り輝いていた。ただし、サディと過ごす一瞬一瞬が、彼にとって誘惑のレッスンとなることはまた別だったが。

ローマンは手術室の更衣室に入っていきながら、ため息をついた。彼の人生で、これほどまでに感情をコントロールしなければならないときはなかった。彼の感情は過去と現在、悲しみと喜びが入り交じって混乱しきっていた。娘との新しい関係もそうだった。そこでは娘の安全と幸せが何より優先する。一人の女性に惹かれる気持ちもまたそうだった。なぜならともに新しい命を生み出したことで、一夜にして、つかの間の恋人から、彼の人生にとって重要な、永遠の存在となったからだ。誰も傷つくことがないように――彼もサディも、何よりミリーも――うまくコントロールできる方法を見つけなければと決心し、ローマンは手術着に着替え、長い一日に備えた。

ミリーは興奮して手足をばたつかせ、歓声をあげてはローマンの顔にお湯のしぶきをはね飛ばした。ローマンは声をあげて笑い、かわいい娘を見おろして満面の笑みで目を輝かせた。

「やったわね、ミリー」サディは言い、タオルに手を伸ばし、ローマンの濡《ぬ》れた顔に押しつけた。「この子はいつも私をびしょびしょにしてくれるの。あなたがいてくれて助かったわ」

「長い一日のあとだ。お湯にもつからないと」ローマンは石鹸《せっけん》の泡をすくって、彼をだしにくすくす笑っているサディの鼻先につけた。「僕もここにいられてうれしいよ」サディは欲求に身を震わせた。ローマンの目に宿る熱気にはふざけているようすはなかった。サディは鼻先をぬぐい、タオルの陰に顔を隠し、興奮で息も絶え絶えなのを知られまいとした。

「もう出ましょうか」サディはミリーに尋ね、おなかに水をはね散らして笑わせた。

サディは赤ん坊を抱きあげると、ローマンに手渡した。彼はタオルを広げて待ち受け、ふわふわした暖かさの中に赤ん坊を包み込んだ。二人は一緒にミリーの体をぬぐい、着替えさせ、ミリーのおかしな表情や、サディの長い髪をつかんで勝ち誇ったように喉を鳴らすのにほほ笑みかけていた。

「思ったんだが」ローマンの表情が真剣になった。サディはミリーの寝間着のボタンを留めていた。

「もしよければ、ミリーに僕のことをタチネクと呼んでほしいんだが。チェコ語で〝パパ〟の意味だ」

サディは体をこわばらせ、この瞬間の意味を重要に考えないようにした。彼を最後にそう呼んだのはミコだったのだろう。

「もちろん、オーケーよ」サディはミリーを抱きあげ、もう一方の腕をローマンの腰にまわして引き寄せ、彼の頼みの重要性を理解していることを伝えた。

「タチネク、いいわね」

サディがチェコ語を口にしたことで、彼の顔によぎった葛藤の表情に息を詰まらせながらも、サディはローマンと並んでソファに座った。

ローマンはミリーのお気に入りのお話を読み聞かせ、それからチェコ語で歌を歌った。

「祖父が歌ってくれたチェコの古い民謡で、ミコにも歌ってやっていた」ローマンは説明し、ミリーが眠る前に、サディが赤ん坊に授乳するのを見守った。

「故郷が恋しいと思ったことは？」サディは尋ね、知るのが怖かったが、ローマンの祖国はミリーにとっても祖国なのだと気づいた。

彼は肩をすくめ、サディの指に自分の指を絡めた。今ではそれがとても自然なしぐさになっている。

「ときどきね」静かな声で言う。「でも故郷は場所や町や都市ではないと思うんだ。ここにあるものだと思う」ローマンは拳を自分の胸に押しあてた。

サディの心臓は彼の熱のこもった口調に大きく脈打ち、彼を抱きしめて目の陰りを消し去ってやりたくなった。

「だから僕は代診医をしながら各地を転々としても、カロリーナとミコをどこへでも連れていける」

サディは唇をきつく結び、彼がアイルランドに赴くときも、ミリーを心に深くとどめて旅立つつもりなのか、どうしても知りたかった。だがきけなかった。なぜなら未来を考えることは、ローマンがミリーを自分の人生に欲しがることかもしれないけれど、だからといって彼がサディとのロマンティックな関係を求めているということにはならないからだ。

未来は、サディが見逃すことになる、ミリーの人生の大切な日々に満ちている。そこにはローマンとミリー、そしてやがてローマンの新しい伴侶となる女性が一緒にいることだろう。ローマンといつかちゃんとしたカップルになれるかもしれないといくら思い描いても、現実がいつも邪魔をする。

彼が大家族の出身だと言ったとたん、サディの希望の一部さえしぼんで消えてなくなった。ローマンは悲劇に見舞われる前は、大家族を望んでいたのだろう。でもミリーがいる今は、彼がもっと多くの子供たちへの愛で心を満たすのを止めるものは何もない。もちろん、ふさわしい女性がいればの話だが。

そして、それはサディではない。

「僕が寝かしつけようか」ローマンが尋ね、赤ん坊を抱き取った。授乳が終わって眠り込んでいる。

「やってみて」サディはあくまで平静を装い、彼が部屋から出ていくと、ソファのクッションにもたれかかった。あの夜出会って子供を授かった、人とかかわりたがらなかった男性が、こんなにもすてきで思いやりのある、献身的な父親になるなんて、百万年経《た》っても想像できなかっただろう。それでも今、ほんとうのローマンを知ったからといって、大切な娘のために〝よきパパ《タチネク》〟になってくれとは頼めない。

惹きつけられてやまない媚《び》薬《やく》のような願いでも、ローマンが興味を持つ関係をサディは欲していない。なのに彼はサディにとって無視できない特別な男性で、深まる結びつきから感情的に距離を置こうとして、離れていようとするのさえ難しい存在だった。一緒に過ごす時間があまりに長いために、さりげない触れ合いや、心地よい抱擁、熱い視線にあらがうのがどんどん難しくなっている。

それでも、さほど必死にあらがう必要はないのかもしれない。彼ともう一度ベッドをともにし、体の関係を維持すれば、心は傷つかずに彼を信じられるようになるかもしれない。

「ぐっすり眠っている」ローマンは言い、サディのそばに戻った。少し疲れたようすで、服がしわになり、髪もくしゃくしゃだったが、指でかきあげるところが目に見えるようで、ひどく官能的だった。

彼は座り、ソファの背もたれに腕を伸ばすと、サディの背後に手を置いた。

「ありがとう」サディは言い、ローマンにじっと視線を向けた。息が詰まって、喉が苦しくなった。

「どうして？」かすかに眉をひそめ、静かな情熱を秘めてサディを見つめる。

「あなたらしくいてくれて。ミリーをあんなふうに抱いてくれて」彼の娘への明らかな敬愛と、熱情とが相まって、サディをも危険なまでにいたたまれない気持ちにする。「私たちの小さな奇跡のために、あなたの心に居場所を見つけてくれてうれしいわ」

「どうしてかまわずにいられる？　あの子はすばらしい。僕はすっかり夢中だよ」表情はまじめだが、彼の指はサディのうなじを探りあて、愛撫《あいぶ》している。

「それでも礼はまだいい。僕は父親らしさを忘れている。まだまだ十分ではないかもしれない」

サディは首を振り、体は彼の愛撫の催眠術のようなリズムにとろけそうだった。「自然に思い出せるわよ。ミリーがきっとその助けになってくれるわ」

「もうなってくれている」ローマンはうなずき、サディの目を見つめる。彼の目は娘への愛情で輝いていた。「あの子は僕たち二人にとって、すばらしい天の恵みだよ。ミリーを知ることで、日々のすばらしい瞬間をもう一度生きることができて、僕にミリーをもっと身近に感じさせてくれる」もちろん彼が娘と分かち合う楽しい瞬間は、息子と過ごした同じような瞬間を思い出させるに違いない。ミリーを愛することで、彼の痛みが和らいでいるかと思うと、サディの胸の奥で何かが変わり、傷ついた心臓が新たな希望に満ちたリズムを刻もうとした。

サディは体がこわばり、同じ心臓の鼓動が激しさを増した。今夜二人は娘を通じて絆を深めたが、同時に狂おしいまでに惹かれ合う大人同士でもあった。

「オークションの話がしたかったのか？」彼がきく。

「そうだったわね……」なぜ彼がほかの女性とデートするような話題を話そうなどと言ったのだろう。

なぜ誘惑に屈して、彼が腰をおろすとすぐキスをしなかったのだろう。二人は今ごろ服を脱がせ合っていたかもしれないのに。

「あなたの経歴について、もう少しきいてもいいかしら」どこか気乗りのしない口調になっていた。

彼の指先がサディの髪の生え際までずれて、背骨の凹凸をすべりおりていくと、サディは狂おしい気分になった。それでも、そのせいで彼がほかの女性とデートしているところは想像せずにすみ、バレンタインの寄付金集めのあと、彼が次の代診医の任地に行ってしまうことも考えずにすんだ。

「もう僕について大切なことはみんな知ってるじゃないか、サディ」低い、魅惑の声でサディに誘いかける。でもローマンの言うとおりだった。サディはこの男性について最も大切なことを知っている。サディも含めて人々を思いやり、約束を守ることも知っている。自分が彼を求めていることも知っている。

サディは彼を求めることを決してやめられない。

「だが、きみにはこのことも知っておいてほしい」ローマンはサディの目の奥にある深い恐怖心を知るかのように、彼女の顔を包み込んだ。「きみが過去に傷ついたことは知っている。僕はきみとミリーのために全力できちんと正しいことをするつもりだ」

彼の告白に込めた思いの深さに、傷を負った心に、サディを新しい家族に迎える態度に、彼女は言葉をつまらせ、うめき声をあげた。「ローマン……」

サディは今、必死だった。彼とのふれ合いが、サディの体のあらゆる細胞に火をつけていた。

サディは額を彼の額に押しあてた。「もうやめないと」弱々しいささやきにしかならない。

ローマンの指がサディのうなじの髪に巻きついて、彼の息が荒くなった。「わかっている……」

「あなたが欲しい」サディの両手が彼の腰にまわされ、Tシャツを握りしめた。二人の息が混じり合う。

彼は身を引き、両手をサディの肩にすべらせ、指を食い込ませた。心の内で大きな葛藤と闘っていた。

「僕を外に放り出してくれ」

サディは首を振り、鼓動が大きく打ってめまいがしそうだった。「気をつければ大丈夫よ」

ローマンはうなずき、目の中で何かが変化した。彼はサディが言わずにいることを理解してくれた。サディは本能的にそれがわかった。彼は約束を守る。ミリーを第一に考えてくれる。

ローマンは違う。サディは身をもって彼が信頼できた。娘の幸せを除けば、二人の優先順位は最初の夜から変わっていない。ただセックスをするだけ。驚くべき、すばらしいセックスをするだけだった。

忍耐の限界に達し、二人はいっきに歩み寄った。唇が重なり互いに求め合う。切望の日々がサディの欲求をあおった。ローマンがうめき声をもらし、サディの腰に力強い腕をまわして引き寄せると、胸と胸が密着した。サディは彼の首をつかんで輝く髪に指を差し入れ、情熱のすべてを込めてキスを返した。

そう、二人は親同士で、同時に生身の人間だった。彼らにも彼らなりの欲求がある。そして今、二人にとってこの結びつき以上に大切なものはなかった。

11

ローマンはベッドに横たえたサディを見おろした。二人は上半身裸で、ローマンは息が荒く、サディと交わした約束がまだ頭の中で渦巻いていた。サディを決して傷つけず、ミリーを危険にさらすようなこともしない。そう約束した。常に新しい家族が最優先だ。このすばらしい、美しい女性を過去にひどく失望させたせいで、守ってやりたいと思う気持ちが何より強かった。

ミリーの存在を知ってからずっと考えていた計画が固まってきている。まだはっきりとではないが、彼はそばにいて子育てに協力したかった。サディとロマンティックな関係にあろうとなかろうと、だ。

彼はミリーを愛している。決して娘を風呂に入れるひとときを逃したくなかった。

それでも、今夜は彼とサディのものだった。そして、避妊具で気をつける必要がある。今回は、前回以上に問題が大きくなってしまう。

「来て」サディが彼の手を取り、引き寄せる。

ローマンはサディの体を覆い、唇にキスを押しつけた。今夜はゆっくりと進め、あらゆる喜びを引き出していく。欲望に迫られ、ローマンはサディの首筋をキスでたどり、ため息がもれると間を置いた。

「知っておいてほしいんだ」サディの鎖骨から胸の先端にキスを落としながら言う。「きみのおかげで、ここ何年かで初めて、僕は希望を感じている」

サディが目を見張り、彼を見あげて呼吸を速め、訴えるようなまなざしを向けた。「ローマン……」

サディは彼のジーンズのベルトのループを引っぱり、手を肋骨《ろっこつ》から背中、肩へと這《は》わせる。

ローマンはサディが彼の人生を変えてくれたと知ってほしかった。「ウィーンでのあの夜以来、僕は誰ともベッドをともにしていない」

あの夜からの何カ月か、彼はその理由を考えもしなかったが、今、サディの香りを肌に感じ、薄明かりに優しさを増した美しさに、彼の頭の中にはサディしかいなかったのだとわかった。無意識のうちに待っていたのだ……たぐいまれなサディのような女性を待っていたのだ。サディは驚きに目を見開いた。

「きみのことが頭から離れなかった。まるで運命が何か重要な理由があって僕をきみのもとに引き戻そうとしていたかのように」彼はサディのジーンズを脱がせ、そばに横たわると、脚を手でなであげた。

運命は正しかった。彼とサディにどんな未来が待っていようと、二人の心はいつもつながっていた。

「僕はきみをいい気分にしてあげたい」肋骨に手をすべらせ、胸のふくらみを包み込み、先端を親指でなぞり、サディの反応を見守る。「胸は柔らかくなったかな」彼は尋ね、サディは身を震わせた。

「いいえ」サディはローマンに向き合い、彼の首に腕を絡め、唇を押し当てた。「壊れ物みたいに扱うのはやめて。あなたが欲しい」

「僕もきみが欲しい」その言葉は彼をひどく驚かせた。二人は気心が知れている。ほかの何でも理解し合えるかもしれない。

ローマンはサディの唇を引き寄せ、キスした。親指で胸の先端をなぞると硬さを増し、サディが快感にうめき声をあげる。「きみを傷つけたくない」ローマンは言った。「不快なら、やめるように言ってくれ」彼はサディの首筋の温かくかぐわしい肌にキスし、胸へと移ってそのふくらみをとらえた。長い間あらがってきた互いに惹《ひ》かれ合う気持ちを今は受け入れ、胸の先端に片方ずつ舌を這わせ、サディが指を絡めて彼の髪をねじると笑みを浮かべ、ジーンズ越しに愛撫《あいぶ》を繰り出されると、うめき声をあげた。

彼は下へと動いて、サディの腹部にキスした。サディが二人の子供を身ごもった場所だ。さらに下へと舌をすべらせ、サディの下着をずらして両脚の間にキスを続け、舌先でふれる。サディはあえぎ、彼に顔をあげさせ、喜びにかすむ目で彼にしてほしいことをすべて告げた。ローマンは時間をかけ、二人のむきだしの情熱に我を忘れ、サディが感じさせてくれるのと同じ高揚感を引き出そうとして、サディの腿を押し広げ、舌先でふれ続けた。サディはたまらずローマンの肩に爪を立て、彼の名を叫んだ。

もう待てないほど体がきつくこわばり、ローマンは最後の服を脱ぎ、財布から避妊具を取り出すと、差し迫った欲求に指を震わせながら装着した。

「どうしてこんなに長くかかったの？」サディはささやき、彼の体が覆ってくると、脚を絡ませ、手は熱をおびてローマンを探った。

「なぜだろう」サディの瞳の奥までじっと見つめる。

彼の腕の中にいるのがしっくりきて、二人の情熱がごく自然に感じられる。分かち合ってきたあらゆるもののあとで、揺るぎない信頼が築かれていた。

だが彼はもうこれ以上待てなかった。サディの体を覆ったままキスを深める。サディは彼にしがみついて首に両手をかけ、腰に両脚をまわし、キスはますます熱をおびた。「ローマン……」

彼の名前が懇願するように口にされ、彼はようやく折れて、二人が切望するものを与えようとして、ゆっくりとサディの中に身を沈め、それから動きを止めた。彼の心臓は狂ったように打っていた。

「大丈夫か？」彼はあえぎ、意志の力を総動員して、じっと動かずにいた。

「やめないで」彼の下でサディが体をずらし、先を求めてせわしなく身じろぎする。ローマンはきつく目を閉じ、まぶたの裏ではじける喜びの光に耐えた。

彼はサディにキスし、もれそうになる声をのみくだすと、そっと彼女の中に分け入り、ようやく勝ちえた信頼と、強い感情の絆《きずな》を噛《か》みしめ、彼の欲望はさらに強まった。今回ははるかによかった。彼はこの女性を知っている。サディの笑顔がローマンの気分を高揚させ、ユーモアのセンスが彼の心を軽くしてくれる。互いの情熱が溶け合って、もう彼女のことしか考えられなくなる。

「サディ……」ローマンが声をあげ、二人は互いにきつく抱き合い、動きが速まって、ともにゴールに向けてひた走った。サディの爪が彼の肌に食い込み、彼はキスから身を引いて、興奮に熱くかすんだサディの美しい瞳を見つめた。二人の視線が重なった。

今、サディの内で動きながら、ローマンは新しい関係に心を開く用意はできていると、これほど確信できたことはなかった。サディとの関係にだ。

サディが絶頂を迎えて砕け散り、ローマンの名を叫んだとき、彼自身の絶頂も背骨のつけ根できざしていた。まるでサディの喜びと彼の喜びとが分かちがたく結びついているかのようだ。彼はうめき声をあげ、サディを見おろし、至福の数秒間、こうして一緒にいる間は何でも起こりそうな気がした。サディもそれを感じたかのように、彼の顔に手を添え、目と目を合わせた。

ローマンにとっては要求も欲望もすべて同じで、彼も生身の人間でしかなかった。だがサディと出会ってからは夢や願望を、未来に希望を持つようになった。この美しく思いやり深い女性との未来に。

ローマンは絶頂に身を引き裂かれ、サディの首筋に顔をうずめた。サディの香りを吸い込み、強く抱きしめると、彼女が自分の一部のように感じられた。

二人は抱き合い、息を整え、キスをして笑い合い、一年間の緊張を解き放ったあとの喜びに浸った。

「今夜は泊まれない？」サディはため息をつき、体を丸めてローマンに寄り添うと、鼓動を打つ彼の胸の上に頭をもたせかけた。ローマンはサディの髪に指をさまよわせた。彼はこれを望んでいた。それでも、もっとこれ以上のことも望んでいた。

サディを腕に抱き、別の部屋では娘が静かに眠っているかと思うと、彼の人生にぽっかり口をあけた穴がさらにはっきりし、二人を隔てる境界線の険しさも増し、溝の深い広がりが見えてきた。彼はサディとともに計画を立て、二人が家族になれる道を探り、サディが彼と思いが同じかどうか知りたかった。

サディは二人の未来を見ているのだろうか。それとも、まだ怖くて見られないでいるのだろうか。

「泊まってもいいが、ミリーが戸惑わないかな」彼の手がサディの肩をなで、唇が額に押しあてられる。彼はサディにふれずにいられなかった。

「あの子はまだ三カ月にもなってないのよ」サディは彼にほほ笑みかけた。「朝にあなたに会ったことを覚えていないでしょうし、覚えていたとしても、あなたはあの子の父親なのよ」

「そうだな」ローマンはサディの顔を引き寄せ、唇にキスした。彼はミリーの父親だ。娘のそばにいなければ。サディのためにもそばにいたかった。彼の心の中で、カロリーナとミコに代われる者は誰もいない。それでも娘のために新たな尽きない愛の泉を見つけたように、もしかしたら新たな関係を築ける余地があるかもしれない。サディとの新たな関係を。

「あなたがまだ疑っているのはわかってる」サディは言い、ローマンを見あげた。「でも、あなたが立派な父親だってことは知っておいてほしいの」

彼はあいまいに応えた。「今のところ、僕が考えているのは、なりたいと思うあらゆるものになることなんだ。僕たちの娘が安全で幸せでいられるために、僕は全力を尽くす」

「私たちの娘」サディがささやく。「そう願うわ」

彼はサディを行かせまいとするかのように、きつく抱きしめた。「きみの将来への不安はわかる」サディは身をこわばらせたが、ローマンは言葉を続け、この必要な話をすることに歩み寄りを求めた。「でも約束する。僕たちはいつか親の責任を分かち合うプランについて話し合うようになると。きみが過去に傷ついたことは知っている。だがもう一度家族を持つチャンスに恵まれるなんて、僕は思ってもみなかった。だから僕は誰も失望させたくないんだ」

サディは彼の胸から、彼の心臓の鼓動から頭をあげた。「どういう意味？　あなたは事故のことで自分を責めなくていいのよ、そうでしょう？　だって事故はあなたのせいではないのだから」

「頭では、僕に責任がないとわかっている」サディの背中をなでながら言う。「事故を起こしたのは僕じゃない。だが心の一部では、あの日僕が運転していなかったことで、家族を失望させた気がしているんだ。もし僕が勤務につかず、運転していたら、衝突事故は避けられたかもしれない、と」

「悲しいわね」サディは言い、唇を彼の唇に押しあてた。キスが痛みからすっかり気をそらしてくれる。

「約束するわ。共同親権について話し合いましょう」サディのまなざしは不安とためらいできらめいていた。「見返りに、一つ約束してくれるなら」

「何でも言ってくれ」ローマンはうなずき、ここは慎重に行動し、サディを安心させようとした。彼女を傷つけたくない。サディをせかせば、彼女は身を引き、彼女の信頼を傷つけることになる。

「大げさな約束はしなくていいのよ」サディはまばたきし、ひどく弱々しい視線を向けた。「今回はすべてが慌ただしくて、人の考えも変わるわ。あなたが言ったように、一番大切なのはミリーの幸せよ」

だからサディはまだ将来が不安だった。サディは二人を夫婦としてではなく、ただ友好的に親権を共有する両親としてしか見ていなかった。そしてサディは正しかった。ローマンはそれ以上は約束できないからだ。彼は二人がこの強烈な相性のよさをもとに関係が築けるかもしれないと期待はしていても、ミリーのそばにいつもいられるようにならない限り、自分の心まで危険にさらすつもりはない。

なぜならサディの懸念が正しければ——もしすべてがうまくいかなければ、彼はすべてを失ってしまうかもしれないからだ。

「約束する」彼は言ったが、サディのためらいが彼自身の不安をあおった。自分はミリーとサディの両方に必要な存在になれるのかという不安だった。

だがサディは彼の言葉に満足したのか、ローマンの上になってキスし、二人の間で唯一確かなものに彼を引き戻した——互いを求め合う欲求に。

ローマンは目を閉じ、体の渇望に身を任せた。

12

〈ゆうべはどうだったの?〉

グレースのメールがすぐ追いかけてきた。サディは地下鉄の駅をあとに、病院のすぐ近くの冬空の通りに出たところだった。ローマンは夜明けに出ていき、妹はボーイフレンドの家で一夜を過ごした。言葉を交わす暇もなく、サディは泣きわめくミリーを妹に託し、仕事に駆けつけて、ほっと安堵《あんど》の胸をなでおろしているところだった。何を話せばいいの?

ローマンとの夜はすばらしかった。

互いに約束をしたあと、二人はもう一度、同じ激しさで愛し合った。まるでローマンとサディとして、二人でいられる時間が限られているとわかっているみたいに。でももちろん二人の時間は限られていた。

サディがローマンのキスを一つ一つ、どんなに懸命に味わい、彼に大切にされていると感じ、彼が言ってくれるすばらしい言葉を記憶にとどめようとしても、厳しく不確かな現実が割って入ってくる。

なぜならサディの感情はもはや抑えがきかず、もしサディがその感情の手綱をゆるめ、ガードをさげ、ローマンとの関係に身を任せたとして、彼が結局、サディは自分の望みではないと判断したらどうなるだろう。もし彼の気持ちが変わったら?

ありうる未来のイメージが、ホラー映画の場面のようにサディの頭に浮かんだ。もしローマンとサディの関係がうまくいかなくなったら、ミリーはどうなるだろう。娘はすばらしい父親を失うのか、あるいはサディはミリーの面会のたび、ローマンに会わざるをえなくなるのか。ローマンは二人の娘は大切にしてくれても、サディは彼にはふさわしくなかったのだと、何度も思い知らされるのだろうか。

自分の心の平穏も含めて、すべてを失うリスクを冒してまで、彼の愛を勝ち取る価値があるだろうか。

サディは心底恐怖におびえ、ローマンについては双子の妹と話し合いたくなかった。サディは全面ガラス張りのようなもので、あらゆる感情を、察しのいい妹に見透かされてしまう。

サディはグレースの気持ちをなだめようと、いくつか絵文字をあしらって返事を送った。

〈よかったわよ。彼はミリーに夢中よ。でも、あの子を愛さずにいられる?〉

それはほんとうだ。ローマンは娘を愛している。

だからといってサディに愛情を感じているわけではない。彼はカロリーナを愛している。いつかサディに愛情を感じたとしても、いつも二の次なのだ。

そんなことを知りながら、魂をも滅ぼしかねない劣等感にさいなまれながら、生きていけるだろうか。

それに、サディはまだバレンタインデーのオークションを乗り切らねばならない。まだローマンとほかの女性とのデートをセッティングしなければならないし、彼はまだそのあとアイルランドに発《た》つつもりでいる。さらにサディはミリーの親権をどうするか話し合う約束をした……。

胃のむかつきと闘いながら、サディは病院の駐車場を横切り、裏口の職員専用出入り口まで足早に歩いた。何かして気を紛らそうとしてマフラーを取ってコートを脱ぎ、上階のサンシャイン病棟に向かう。

病棟に着き、患者のリストに目をやる間もなく、ローマンが彼女のそばに現れた。完璧なスーツ姿で、目を奪われるほどゴージャスだ。

サディの胸は憧れで高鳴り、さっきまで頭の中で噴き出していた否定的な言葉をあざけっていた。

「早いのね」サディは言い、数時間前の別れの口づけような、挨拶のキスをしたくてたまらなかった。

「とてもよく眠れたよ、ドクター・バーンズ。すっかり……元気を回復した」彼は言い、病棟のタブレットをデスクの上の充電スタンドに戻した。訳知り顔の目を除けば、態度は仕事に集中している。

サディは火照った顔で息をつき、体は二人が分かち合った喜びの一瞬一瞬を思い出していた。

「診療の前に、ジョシュの経過を確認したいんだが」彼は続けた。

仕事のときの声に戻っている。

「それと、衝突事故で鎖骨骨折と腹部打撲を負った六歳児を入院させた」彼は続け、出てきたばかりの病室のほうを示した。ローマンの表情が険しさを増し、サディはすぐに、彼が家族のことを、カロリーナとミコのことを考えているのだとわかった。

サディは立ち止まり、彼に手を差し伸べたくてたまらなくなった。彼が同じ声で、サディの中で動きながら、彼女の名前をささやいたのが恋しかった。

「大丈夫?」でも二人はカップルではない。ただジョシュのときのように患者の受診について話すのが、ローマンを少し身近に感じさせてくれるだけだった。

彼がうなずき、サディの心配を受け流し、彼女の心は沈んだ。「肝臓の周辺にシートベルトによるものと思われる、小さな血腫がある。だが、出血が続いている様子はない。点滴による鎮痛剤を処方し、今は看護師が投与している」

普通、顧問医が日々の診療をこなし、患者を受け入れ、処方箋を出すのはあまりないことだった。だがローマンは仕事好きで、忙しくすることが、自分に処方した悲しみを癒やす解毒剤ともなっていた。

「ありがとう」サディはつぶやき、忙しい書類仕事をこなしながら、内心では失望に苦しんでいた。

サディは昨夜、あらゆるふれ合いやキス、ささやきに身を任せ、時間をかけて待てば、ローマンがいつか関係を築く準備ができるかもしれないと思った。

でも彼は相変わらず仕事中毒《ワーカホリック》の一匹 狼《おおかみ》で、代診医として人生を過ごすつもりで満足している。彼はミリーを愛さずにいられなかったが、だからといってサディを欲しているわけではない。

サディの思いを証明するように、ローマンは声を低めた。「僕たちの娘は今朝はどんなようすだ？」

将来、ローマンが次の任地に赴く前に、娘に会いに立ち寄ったり、海外旅行ができる年齢になったら娘を送り出すといった、気のめいる場面を脇に押しやり、サディは無理に彼と視線を合わせた。「元気よ。少しむずかっていて、歯が生え始めたみたい」

「考えたんだが」彼は同じく声を低めて共犯者めいた声で言った。「オークションについてなんだが、きみの言うとおり、身を引くには遅すぎるかな。友人が代わってくれるかもしれない」

サディはごくりと唾をのみ込んだ。喉が痛かった。彼は誰ともデートをしない。そこまで面倒を引き受けるつもりはないのだ。どんな大義名分があろうと。

彼がいつか、つき合いを深めてくれると思った自分が愚かだった。「もちろんそれがいいわ」はかない望みがしぼんでいく。「サミーに話してみるわ」

もちろん彼がまだ妻を失った悲しみに暮れ、妻を愛し、バレンタインデーを嫌悪しているときに、そんな見せかけのお芝居ができるはずがない。

「うまくいくかな」彼は尋ね、用心深くサディを見つめる。やはり二人の考えは噛《か》み合っていない。

二人の間には温かな気分が通っていたのに、まるで事件や寒波の話をしているかのようだ。

「大丈夫よ。今日は忙しい一日になりそうね」

二人きりで話せるチャンスはなかったし、それぞれに仕事があった。ローマンはその夜は当直で、サディはミリーがいる家に帰るのが待ちきれなかった。娘を抱きしめてあらゆる疑いから解放されたかった。

そのとき緊急警報が鳴り響いた。

ローマンが入院させたばかりの少年のベッド脇を、パニックに陥った医療班が取り囲んだ。サディが駆け寄り、ローマンも続いた。

少年は息をするのも苦しげで、胸がぜーぜーと音をたて、肌は青白く、細かい汗をかいている。

「意識を失ってしまいました」看護師が説明する。「鎮痛剤の投与を始めて、経過観察をしていると、反応がなくなったんです」

ローマンが懸念を深め、少年の顔に酸素マスクを装着し、サディは少年の反応をチェックし、脈をとった。弱々しくて、速く、不規則だった。

「血圧は?」ローマンが尋ね、サディにさっと視線を向ける。ほとんど必死のまなざしだった。

「低血圧。八十五に五十以上です」看護師が言う。

「アナフィラキシーの可能性があるわ」サディは点滴バッグに手を伸ばし、ローマンが朝処方した鎮痛剤の点滴を止めた。サディはローマンに安心させるような視線を送った。今では彼をよく知っている。ローマンは自分自身を責めているのだ。

それでも彼は患者に集中していた。

ローマンはサミーに向き直った。すでにそばに待機していて、救急カートを引いてきている。「アドレナリンの筋肉注射ができるかな」ローマンは言い、サディに二本目の点滴カニューレを挿入するようにうなずきかけた。「そっちの点滴はやめて、生理食塩水の点滴を始めてくれないか」彼はそう指示したが、声が自責の念でこわばっている。

「アレルギーの確認はしたの?」サディは尋ねた。ローマンも少年の看護師も首を横に振った。彼をよく知るサディは、表情に罪悪感を見てとった。

薬物へのアレルギー反応は命を脅かす危険がある。でもそれは彼の責任ではない。できればあとで個人的に慰めの言葉をかけられる時間があればいいのだが。「近親者を呼んで」サディは看護師に言った。

看護師は少年の両親を呼びに病室から出ていった。ほかの忙しい顧問医がするように、サディにあとを任せる代わりに、ローマンは残ってアドレナリンの投与にかかり、少年の脚の筋肉に注射針を刺した。

サディは少年が声をあげたのにたじろいだ。でもショック状態で痛みに反応するということは、アナフィラキシーの治療が間に合ったことを示していた。

「血中の酸素飽和度は九十三パーセントよ」サディはローマンを見つめ、安心させようとした。

今のところ緊急事態は収まった。症状の原因となっていた薬物の注入を止めたのが最初の治療で、うまくいけば、アドレナリンがすぐに効いて異物に対する激しい免疫反応を弱めてくれる。

二人は緊張の面持ちで数秒見つめ合い、静かに互いの懸念をまなざしで伝え合いながら、待った。

アドレナリン注射から数秒で、胸のあえぎは和らぎ、少年は顔色もよくなった。心拍数は一分間に百二十まで落ち着き、血圧も上昇した。

サディはためらいがちな笑みをローマンに向けた。将来に不安はあっても、サディとローマンは大事なときにはチームだということに変わりなかった。

ベッドを囲む全員の緊張がほぐれた。

「大丈夫だよ、トム」ローマンはおびえて涙ぐむトムに話しかけ、肩に手を置いた。「きみの体は僕たちが与えた薬が気に入らなかったが、でも、もう大丈夫だ。脚に注射をしたのはすまなかったけど、ママとパパがきみをハグしにもうすぐ来てくれる」

サミーとトムの看護師が男の子をなだめている間、ローマンとサディはベッドから離れて話をしていた。

「私がこの子を見てるわ」サディは何よりローマンにふれ、彼の眉間のしわを和らげてやりたかった。でも彼はまだサディが慰められる相手ではない。

「ありがとう」彼は気もそぞろで無力な表情が目に浮かんでいる。「アレルギーについて尋ねた」独り言のようにつぶやく。「あの子の母親に確認した」

「あなたならそうするわね」サディはローマンをじっと見あげ、彼自身に優しくあってほしいと願った。

「記録にないアレルギーは誰にでも起こりうるわ」

ポケベルが鳴り、ローマンは顔をしかめた。「外来診察室だ。行かないと」名残惜しげに笑みを彼女に向けたが、目までは笑っていない。「こんな日もあるさ。きみはここにいてほんとうに大丈夫か」

「もちろんよ」サディは強がった表情を浮かべてみせた。「トムの経過についてメールで知らせるわ」

彼が立ち去ると、サディは敗北感に打ちひしがれた。この仕事は厳しいことが多い。でも今日、二人は団結するどころか、離れ離れになっていくようだった。こんなときに、どうやって娘の親権のような大きな問題が話し合えるだろう。二人が再び疎遠になっていくように思えるときに。

13

夜明け前、ローマンは十三歳の少年のベッド脇のカーテンを開けた。睾丸《こうがん》がねじれて激しい痛みをともなう精巣捻転の疑いがある。緊急の超音波検査を依頼するため、近くのコンピュータ端末に向かう。

救急外来は驚くほど静かで、緊急の手術もなかったが、ローマンは一睡もできないだろうとわかっていた。サディとの今の状況をあれこれ考えて夜を明かすより、忙しくしているほうがまだましだった。

どんなに気を紛らそうとしても、サディのことが頭から離れない。昨日の二人は感情面で二歩も後退したようで、サディは病棟で逃げ腰だった。ローマンはただ将来のプランについて二人で話したかったただけなのだが、まだその準備ができていないらしい。

ローマンは検査の要求を送信し、ため息をついた。

次の外科患者を診ようとしたとき、サディがおくるみにくるんだミリーを抱きかかえ、救急外来に駆け込んでくるのが見えた。ローマンは凍りついた。

体は二人のほうに傾いて足をすべらせ、看護師に案内されて蘇生《そせい》室に入るところで踏みとどまった。

「どうした？」彼は言い、礼儀をわきまえるより、娘を心配する気持ちが勝っていた。

ミリーは赤い顔をしてむずかり、サディの腕の中で落ち着かないようすだった。

「大丈夫よ」サディはローマンに安心させるようなまなざしを向けたが、彼はサディの懸念を察した。

ローマンはサディの気休めにはかまわず、赤ん坊にどこか異常がないか目をこらした。「元気なら、真夜中に病院に連れてはこないだろう」

「歯が生え始めたのかと思ったの」サディは腰をおろし、膝の上のミリーのおくるみをはだけ、救急外来の医師が、むずかるミリーを診られるようにした。「でも医学部を出たばかりのような若い医師だった。「でもグレースが今日、この子は風邪をひいていると言い出して。鼻をすすって、微熱があると。心配ないとは思うけど」サディが若い医師に説明している。

ローマンの胸の内で高まるパニックになど、まったく気づいていないかのようだ。

ローマンはサディのそばに行ってたたずみ、肩に手を置いて慰めたが、どちらが慰めを必要としているか、彼にもわからなかった。

「夜、寝るときに急に熱が出て」説明を続けるサディに、ローマンはひるんだ。電話をくれればよかったんだ。「パラセタモールでも収まらなくて。ぬるま湯で体をふいても、熱は高いままで」ローマンはサディの体がこわばるのを感じ、歯を食いしばって耐えた。「三十分ほど前に痙攣《けいれん》を起こしたの」

ローマンは体がばらばらになって、この場にくずおれそうだった。愛するミリーに手を差し伸べたくてたまらない。ミリーは警戒しながらも、悲しげにうめき声をあげている。その声は彼の心を揺さぶり、娘を守る行動を起こすようにと迫っていた。

「以前に発作を起こしたことはありますか」研修医が尋ね、ローマンに目をやり、外科の手術着と病院のセキュリティタグを見て取った。

「いいえ」サディはローマンと一緒に答えていた。

ローマンがミリーのむき出しの胴と手足をチェックし、発疹《ほっしん》がないことを確認した。

救急外来の医師が眉をひそめてローマンを見て、彼の立場を知りたがったために、ローマンは彼にちゃんと知らせる必要があると思った。

「僕はミリーの父親だ」ローマンは救急外来全体に聞こえるような大きな声で言った。「僕はこの病院の小児外科の顧問医で、この子の母親はここで小児科の臨床研修医として働いてる」

サディはなぜこうも落ち着いていられるのだろう。なぜ大声で指図したり、検査を要求したりしないのだろう。救急外来の医師はうなずき、ミリーに注意を戻すと、神経系の診察にかかった。

サディはローマンに視線を向けた。その視線は非難しているかのようだった。彼の正気を疑うかのように。あんなことを暴露して、彼はどうかしている。

彼の子供が苦しみ、発作を起こしているときに。

「発作はどのくらい続きましたか?」医師が尋ねた。

「一分も続きませんでした」サディは弁解がましく言った。医師の両親が見守る中、救急外来の医師は泣いているミリーの診察をさらに試みた。

だがローマンは娘の安全のためなら、この医師の感情を害しても気にならなかった。彼とサディは上級専門医で、二人の経験を合わせれば、この若者より多くの経験を積んでいる。ローマンがいつ娘を抱きあげて自分で診断をくだしてもおかしくなかった。

ローマンの落ち着きのなさを感じ、サディは彼の手に手を重ねて、彼女が病状を説明した。「どうやら全般発作のようです。全身のこわばりと手足をばたつかせる強直間代《きようちよくかんたい》発作を一度に起こして、一瞬、意識を失ったみたい」

ローマンはひるみ、その場にいられなかった自分を責めた。気をつけねばならないもっと大切なことがあるのに、どうしてサディへの思いにばかりとらわれていたんだ……。心に誓ったはずなのに、なぜミリーを失望させてしまったんだ。恐ろしいことが起きたら、この先どうやって生きていけるだろう。

「発作後は眠気が五分は続くのに」サディはローマンに用心深い視線を向け、彼を気遣っているようだった。「でもこの子はずっと眠らずにいた」

熱性痙攣は乳幼児によく見られる。ミリーにとって初めてのこの発作は、単純な症状のようだった。二十四時間以内に再発しない限り、単発の出来事であるために、予後は良好だった。それでも彼の娘にかかわることで、あらゆる検査を頼み、あらゆる深刻な感染症を除外したかった。病院中の顧問医をすべて起こして病気の娘の治療にあたってほしかった。

「ご家族に癲癇《てんかん》の病歴はありますか」医師はローマンとサディを見たが、二人は首を横に振った。「頭に外傷はありませんか」

「いいえ」サディは答えた。

ローマンが歩きまわっている間、医師はミリーの耳の中も含めて徹底的に調べた。ミリーが今、サディの膝の上で泣き叫び、身もだえしていることを考えると、立派な診察ぶりだった。

ようやく終わると、ローマンはミリーを抱きかかえ、優しく揺すった。ミリーは顔を赤らめて不機嫌で、触ると熱く、体温はまだ三十九度あった。

「いくつか検査をしたほうがいいと思う」ローマン

が言った。「生後六カ月未満の乳児の初回発作には、腰椎穿刺《せんし》の検査が必要だ」ミリーの神経質な父親から距離を置こうとするように、サディは何も言わず、警戒して彼を見つめた。でもローマンは統計学にも明るい。首のこわばりや、まぶしがり、発疹などの臨床症状がないにもかかわらず、ミリーの発熱の原因としては髄膜炎まで除外する必要が出てくる。

「僕は……その……」若い医師は言いよどみ、視線がローマンとサディの間を行き来した。

「ローマン……」サディが立ちあがり、彼のそばに行った。ミリーに優しく話しかけ、彼の腰に腕をまわす。「彼に仕事をさせてあげて」

ローマンはじっと見つめ、全身で懇願していた。彼は娘を失うわけにいかなかった。

「腰椎穿刺は行います」医師は言った。その声はひどく落ち着いていて、ローマンの断固とした権威に立派に対抗していた。「お子さんは左耳が中耳炎です。ご存じのように、熱性痙攣を起こす可能性は十分にあります。鼓膜に穴があいていて、今夜は落ち着かないでしょうが痛みは和らいでいくでしょう」

ローマンはサディとミリーが救急外来に来てから初めて息をついたが、まだいつもの肺活量の十パーセントほどだった。

「お二人の同意が得られれば」医師は二人に話しかけながら続けた。「ミリーに抗生物質の投与を始めます。これで熱はさがるはずです」

「ありがとう」サディが言い、ローマンはミリーの柔らかなうぶ毛に唇を押し当てて優しく黙らせた。

数分もしないうちに、二人は救急外来からストレッチャーが一台と固いプラスチック椅子が二脚配置された通常の病室に移された。サディは座ってミリーに授乳しようとしたが、ミリーはとぎれがちに飲むだけで、明らかに母親の胸の居心地のよさを欲しがっていて、食欲はあまりなかった。

ローマンは緊張したまま狭い空間を歩きまわり、看護師がピンクの液体の入ったスポイトを手に現れ、ミリーの口にそっと注入すると、ようやく立ち止まった。ミリーは泣きわめき、落ち着かないようすが何分も続いた。ローマンは娘の安堵《あんど》を静かに祈り、患者の両親の不安を二度と軽視しないと心に誓った。

ミリーを見守るうちに誓いがもう一つはっきりした。サディとの関係がどうあれ、ローマンはミリーのそばにいて日々の生活を支える。ミリーがまだ幼いうちは娘の側に立って闘い、涙をふいてやる。どんなにつらくともミリーにふさわしい父親になる。

「仕事に戻らなくていいの？」ミリーが落ち着かない眠りにつくと、サディはようやく尋ねた。

「ああ、僕は顧問医だから」ローマンは言い、娘を真綿ですっぽりくるんでやりたい衝動と闘っていた。「研修医がどこかにいるさ」手を振って取り合わず、サディの落ち着きぶりに改めて目を見張った。

「検査入院をさせるべきだと思う」彼は言い添え、無力感が蕁麻疹《じんましん》のように肌をまだ這《は》いまわっていた。

サディは信じられないといった顔で彼を見たが、話すときの声は優しかった。「ただの耳の感染症よ。過剰に反応する必要はないわ」

「過剰反応だって……？」彼が不安や恐怖と必死で闘っているのが、サディにはわからないのだろうか。「どうしてそんなに冷静でいられるんだ？」彼は今、最悪の事態をすべて思い描きもせず、今のこの瞬間を生きていられるサディの能力がうらやましかった。

「どうか座って」同情混じりの声で、視線は優しかった。だがサディは、ミリーへの彼の恐怖の深さをほんとうに理解しているのだろうか。今夜のことが、ミコへの彼の悲しみを引き起こしただけでなく、自分が赤ん坊の安全を守れるような父親でいられるかどうか、不安でたまらなくなったのに。

「私も心配よ」サディは言い、彼が体をぎこちなく折り曲げて椅子に座ると、再び彼の手を取った。

「あなたの心がどこに向かっているかわかるから」

彼はごくりと喉を動かした。愛する人をまた失うわけにはいかない。そうなれば彼は身の破滅だ。

二度とこんな傷心を抱えた男にはなりたくなかったが、愛《いと》しいミリーが彼らの人生にやってきてくれた。娘の存在を知った瞬間から、彼はあふれる父親の愛情にはまったく無力で、圧倒されてしまった。

「でも見て――この子は今は静かで、赤ん坊らしく眠ってるじゃない」サディはなだめる医師の声で言った。ローマンはサディにもう心を開いて、悲しみをさらけ出し、傷跡を見せていたからだ。

サディは彼に腕をまわし、きつく抱きしめた。

「この子の検査はしてもらうけれど、私たちは二人とも熱性痙攣は子供の二十人に一人の割合で起こると知っている。体温がさがれば発作がまた起こる可能性はさがる。だから、こんなことが二度と起きないように祈りましょう」

サディが身を引いてローマンを見つめると、彼は自分の顔を片手でこすった。百歳も年を取った気がする。「きみの言うとおりだ。だが当直の小児科チームに会うまでは、この子はここにいる。きみと僕はこの子の親だから、客観的に見ることができない。公平な専門家の意見が聞きたいんだ」

サディはうなずいた。「そうね」

張りつめた沈黙に包まれ、二人は手を取り合って、娘が息を吸い、そして吐くのを見守った。

ローマンにとって、もう議論の余地はなかった。彼は娘の近くに住む必要がある。ロマンティックな願望があろうとなかろうと、彼とサディはミリーの両親で、三人は家族だ。それはずっと変わらない。

将来について話し合うときが来ていた。何よりもまず、彼は愛する者たちを安全に守る必要があった。

14

ローマンがほっとしたことに、ミリーの検査結果が出るころには、深刻な感染症については問題なしとなり、ミリーは笑顔でごろごろ喉を鳴らす赤ん坊に戻っていた。だがローマンはミリーの落ち着かない眠りを見守り、サディが椅子でうたた寝をしている間に部屋を歩きまわり、大きな決断に達していた。

「あの子と家にいるために何日か病欠する」退院の許可が出るのを待ちながら、ローマンは言った。彼はミリーの退院が待ちきれず、まるで病院に長くいると発作がまた起きると言わんばかりだった。

「そんな必要はないわ」サディは信じられないという顔で、もう一度ローマンを見た。「次は二日続けて休みだから、私がこの子と家にいられるわ」

「僕が一緒にいる」ローマンはミリーを抱き寄せ、愛情をこめた言葉をチェコ語でささやいて、何とか平静を装っている。「僕はこの子の父親だ」

「わかってるわよ」サディが怒りを含んだ声で言う。「昨夜の救急外来の宣言で病院中に知れ渡ったわ」

ローマンはひるみ、自責の念に駆られた。「きみに不快な思いをさせたのなら、ほんとうにすまなかった。だが、僕はこのかわいい赤ん坊が自分の子供であることを誇りに思う。昨夜はぞっとしたが、思い知らされたことがいくつかあった」

ローマンはサディに彼と同じくらい時間を多く与え、彼がミリーの人生に永遠にかかわるようになるという事実を受け入れてもらおうとした。二人の間に子供ができたとサディに告げられた瞬間から、彼は可能な解決策を考えてきた。そして唯一有効な答えはミリーが住む場所に彼が住むことだとわかった。

そこはサディが住む場所でもある。なぜなら彼はサディに好意を抱いていたからだ。二人の関係を続けながら、彼はこの感情を探りたかった。かつてただ一人の女性にしか抱いたことのない感情だった。

二人で話をするときが来ていた。

サディは立ちあがり、赤ん坊に両手を差し出した。「私もぞっとしたわ。でも最悪の事態にはならなかった」深く息を吸い込み、明らかにいらだっている。「家に帰ってシャワーを浴びて、少し眠るわ。すべてうまく収まるわよ」

「きみが議論をしたくないのはわかっている、サディ。でも昨夜は考える時間がたくさんあった。そろそろ事実に向き合うときだと思うんだが」

サディの疲れた目が不安で陰った。「どんな事実かしら?」二人とも疲れ切っていた。それでも、ミリーの病室からロンドンの夜明けを眺めているうちに、サディが彼の人生に戻ってきて以来、彼が見ようとしなかったものがはっきりと見えてきた。

ローマンはもう以前に甘んじていた孤独な人生は望んでいない。三人で家族としてうまくやっていく方法を見つける必要がある。そしてサディとの関係が築かれていくことを望んでいた。ただそれを口にすれば、サディは怖じ気づいてしまうかもしれない。

ローマンはためらいつつ、サディの手に手を伸ばした。「正直に言うと、きみに最初にミリーのことを告げられたとき、僕は父親としてミリーを愛せないのではないかと怖かった。長い間、自分を閉ざして孤独に生きてきたために」

サディはうなずき、目が感情をたたえて輝いた。「でも、ミリーを愛するのはとても自然なことだった」彼は話を続けたが、声がこわばっていた。「そして、ミコと過ごした幸せな日々の瞬間を、さらに思い出す助けになってくれた」

サディは黙って見つめ、彼は先を続けた。

「昨夜、ミリーが眠るのを見ているうちに、すべてがはっきりした。僕はこの子が住む場所に住むべきだ。それが唯一の正しい選択だ。僕にできる唯一の選択肢だ。ロンドンに住むことにしたよ」

サディはミリーを盾のように抱きかかえ、部屋の中を歩きまわった。「一日一日を大切にしようと、二人で話したじゃないの。こんな爆弾宣言をして、私が同意すると思わないで。もっと道理をわきまえて。昨夜のあとで明らかに感情的になっているときに、大きな決断をくだすなんて……」

とたんにローマンは緊張し、不安で体が凍りついた。「喜ぶと思ったのに。きみとの約束は破っていない。僕たちは一日一日を大切にする。だがそれは一緒にいてこそできるんだ。離れていては無理だ」

「今この議論はできないわ」サディはそっけなく言い、まるで一度も二人の将来について考えたことがないかのようだった。サディの家で過ごしたあの夜、二人は身も心も意気投合し、関係の可能性が現実のものとなった気がしたのに、今はサディが何を望んでいるのかさっぱりわからない。だが彼女が数日先のことしか考えていないのは明らかだった。

「ミリーが病気なのよ」サディは言い訳を続けた。「それに寄付金集めのオークションの話もしないと。そのあとあなたはアイルランドに行ってしまう。ほかの話はみんな、あなたが戻ったときにできるわ」

「寄付金集めなんてどうでもいい。僕の代わりは見つけると言ったじゃないか」三人がどんな土台の上に関係を築いていくか、三人が家族として一緒に暮らす、それ以外に重要なことなどありえない。

なぜサディはそれがわからないのだろう。

サディは青ざめ、沈んだ表情で下を向いた。「あなたの言うとおりよ。まだそんなつもりはないのに、誰かと無理にデートをさせられるべきじゃないわ。私がサミーに話すわ。あなたは無理にオークションの目玉にされたと感じているのと。過去や経歴のせいで、あなたは誤解されやすいのだと……」

サディは彼がまだカロリーナを愛しているから、オークションの出場を辞退したがっていると思っている。彼は妻をまだ愛している。だが彼がバレンタインのオークションを我慢できない理由は、亡き妻だけではない。一番の理由はサディだった。

「サディ」ローマンは歩み寄り、サディの顔を片手で包み込んだ。サディに彼を見て、二度と日の目を見ることはないと思っていた、深く埋もれた心の傷を明かすのを聞いてもらいたかった。「オークションなんてどうでもいい。どんなにすばらしい理由があろうと、ほかの女性とデートなどしたくない。僕がデートしたいのはきみだけだ」

サディは息をのみ、ローマンが期待していた情熱の光が彼女の目にひらめいた。

「それを望むのは僕だけじゃないと言ってくれないか。正直に」彼は続け、言わずにいたあらゆることで喉が痛んだ。「きみの望みを教えてくれ」

サディは顔をそむけたが、切望の表情が顔をかすめるのをローマンは見逃さなかった。「私の望みが適切かどうかわからないの。私は母親よ。ミリーを優先しなければならない」

「それはどういう意味だ？　僕たちが娘に望むことに比べれば、僕たちに起こっていることは何でも無意味だというんだな」

サディにとってローマンは彼女を失望させる運命にある。それは彼が絶対にしないと誓ったことだった。サディは二人が失敗すると思っている。親としての役割以上に、二人の未来は見えていない。なぜならサディはまだローマンを十分に信頼していないからだ。二人で試してみようとさえしない。

「では僕たちがともに経験してきたこと、分かち合ってきたことはすべて、きみにとって無意味なことだったのか」彼は二人の関係にただ流されてしまっただけなのか。たぶん彼の心の一部はいつも傷ついていて、カロリーナのために心を痛めていたために、サディの絶対的な信頼を得られなかったのだろう。

だが彼は少なくとも努力はしようとした。

サディは恥ずかしさに顔を赤らめた。「そんなことは言ってないわ。ただ、今すぐ人生を変えるような決断をするべきだとは思わないだけよ」

「僕はそうは思わない」彼は情熱の限りをこめてサディに言った。「人生は一度きりだ。ミリーのそばにいて最大限、父親業に専念できるときに、娘から離れて一秒たりともむだにしたくない」

サディは目に涙を浮かべて彼を見た。「あなたはこの子の父親よ。あなたたちの関係に決して割り込まないわ」口にされない言葉が聞こえるようだった。

「わかった。では、もしきみが何が欲しいか言ってくれないなら、まず僕が言う。僕はきみも欲しい、サディ。僕たちみんなでちゃんとした関係を築きたい。きみのペースで進んでもいい。きみが傷つくのを恐れているなら。だが僕を信じてほしいんだ。家族になりたい。きみと僕とミリーで」

苦しげに表情がゆがみ、涙が頬を伝い落ちた。

「私はあなたを信じてる……」かすれた声で言う。「でも、もし私の正直な答えが聞きたいなら、まず一つだけ教えて。カロリーナとミコを亡くす前、あなたはもっと子供が欲しかった？」

ローマンは眉をひそめ、急な話題の転換に驚いた。それからこの話の行き着く先を理解した。すばらしい娘をもうけたにもかかわらず、サディはまだ自分には欠陥があると考えている。不妊症の問題を抱え、元恋人の裏切りに遭っているからだ。

「ああ、僕たちはそのことについて話し合った」打ちひしがれた気分だった。真実を言えばサディを傷つけることになるが、何事も包み隠さず話しておきたかった。「実は、妻を亡くしたとき、僕たちはもう一人子供を持とうとしていた」

サディの顔が青ざめ、彼女はうなずいた。「正直に話してくれてありがとう」

ローマンはサディに身を寄せ、腕に抱き寄せると、額にキスしてささやいた。「傷つけてすまない。だが正直でいたいんだ。僕たちはいつもそうだっただろう？　でも今では僕はカロリーナといたときとは違う男になっている」家族に起きたあの出来事のあとで、ローマンは決して元には戻れないが、だからといって、彼のサディへの思いにも変わりはない。「もう一度、試したっていい」彼は続けた。「きみが、もし同じことを望むなら」

サディは鼻をすすり、それでも平気な顔を装い、決意も新たに彼を見あげた。「あなたは私以外の人を好きになってもいいのよ、ローマン。あなたは大家族の出身で、子供をもっと欲しがっていた。幸せになってほしい。でも、私は誓ったの。もう誰かの二の次にはならないと。だから、ほかの女性を愛したことがあって、ほかにも子供を夢見ている男性には、私はリスクの高い相手よ」

「僕はこれ以上子供を持ちたいとは思わない」彼はサディの肩をつかみ、自分のほんとうの気持ちを伝えようとした。「重要なのは、僕がミリーを大切にし、あの子を決してがっかりさせないことだ」

「そのとおりよ」サディは言い、奇妙なほど落ち着いていた。「私があなたに言いたいのはそこよ。私たちは二人とも娘のそばにいる必要がある。私たちの注意がおろそかになれば、ミリーにとって大変なことになるかもしれない」

「でも、僕たち自身は何を望んでいるのだろう」

サディの目は涙で光っていた。「不妊症と診断された二十代のころ、私は自分の望みが何か自問するのをやめた。私が何を望んでいるかは――」彼の胸に手をあてる。「問題じゃない。だって私はあなたの望みをかなえてあげられないのだから」サディの指が彼の手術着の上着に巻きついた。じっとつかんで放さないかのように。「ミリーは私の奇跡だった、ローマン。でも私はもうあなたに子供をあげられない。あなたは今は問題じゃないと言うかもしれないけれど、いずれ問題になる日が来るかもしれない」

「僕はそんな男じゃない、サディ。きみを失望させはしない」

サディは首を振り、彼の約束を退けた。「あなたは決して故意に私を傷つけたりしない。でも、あなたはもう多くのものを失っている。ある日、もしあなたが私に望むよりもっと子供が欲しいと思ったら、私はあなたの心痛のたねになるのが耐えられない。またある日、あなたの目に私では不十分だという失望の色が見えたら、私はどうしていいかわからない。それを知ってじっと耐えている私を、何かを隠していると言ってあなたは責めるかもしれない」

ローマンは反論しようとして口を開き、こわばった顎を緩めた。敗北というなじみの苦い味に、胃が締めつけられた。二人がここまで経験し、共有してきたことを経てもなお、サディは決して訪れることもない拒絶から自分を守ることを選んだのだ。

サディは彼を信頼してはいるが、十分にではない。

「それで全部か?」彼は尋ね、サディが心を許してくれることを心底願った。彼の首に腕をまわし、彼の手に自分の心を託してくれることを。「きみが危険にさらしていいものは、それで全部か?」

サディはきっぱりと顎をあげた。「ええ。もうミリーを家に連れて帰るわ。あなたがアイルランドから戻ったら、また話し合って、一緒にミリーを育てる手だてを考えましょう。でもミリーを最優先するのが一番だと思うけど」

15

〈ドクター・ローマン・イェジェクは、プラハから来た小児外科の顧問医で……〉

すばらしい人で、恋人で、父親で、サディは彼を捨ててしまった……。

サディはいやけがさし、今夜のバレンタインデーのオークション用に、ローマンの経歴を書こうとした六回目の下書きを怒り任せに削除した。だが彼女が怒らねばならない人物は彼女自身だった。

目の前で責めたてる真っ白なページから視線をそらし、サディはノートパソコンの上から、グレースがミリーと遊んでいるほうに目をやった。胸が痛んだ。グレースはローマンからもらった木製のアヒルのおもちゃを動かし、ミリーの注意を引いている。サディとローマンが気のめいる言葉の応酬を繰り広げるきっかけとなった中耳炎から、今はすっかり回復した赤ん坊は、興奮して歓声をあげている。

サディはため息をつき、ローマンからの素朴な贈り物と、それが意味するものにこだわっていた。家族として初めて一緒に出かけた日、父と娘の愛が芽生えた日、未来への希望が芽生えた日だ。

もちろんミリーとローマンの前途はまだ、決して断たれることのない絆《きずな》でつながっている。サディは二人がいつまでもすばらしい関係を保ち、仲のよい家族でいると信じて疑わなかった。ローマンはミリーを失望させない。でもローマンとミリーを待つ明るい未来に、サディは含まれない。サディはローマンが描いた家族三人の夢を拒み、そのやりとりの中で自分の心をも深く傷つけてしまった。

サディがひと言もローマンの経歴について書けずにいるのも無理はなかった。

「ミリーのうつ伏せ遊びを見ていないで、彼の経歴を書くべきじゃないの？」グレースはそう言うと、ミリーを膝の上にすくいあげた。すると赤ん坊もサディを見た。まるで責めているように。

サディは鋭い視線を向けたが、彼が何者か知らないふりはしなかった。グレースには隠しごとができない。双子だからだ。

「履歴書を見せてもらえばいいじゃない。少なくとも、とっかかりにはなるわ」グレースは紐《ひも》で引っぱるアヒルの楽しい黄色の車輪をまわしながら言った。

サディはあのひどい日以来、ローマンとは会っていなかったが、毎晩電話で話していた。昨夜の三分の電話の間じゅう、サディの顔に無言の悲しみの涙が流れていたことを、グレースは知らない。その電話で、ミリーの健康が回復していること、間近に迫った子供の予防接種のこと、歯が生え始めているらしいことなどについて話した。

だが彼らのことについては話さなかった。なぜなら、彼らなどいなかったからだ。

ローマンは、サディが自分の差し出せるものはすべて差し出したものの、怖くなり、彼のすばらしい申し出を突っぱねたと受けとめている。ローマンが経験したことのあとでは、一緒に親になることに集中するのが最善だと彼を説得するのは簡単だった。どちらも今持っているものを失うリスクは冒せない。サディは自分自身にそう納得させた。

ただ、最も安全な選択肢を選んだことで、人生最大の過ちを犯してしまった。それ以来、サディはそう確信しながら毎時間過ごしてきた。

「彼に恋してしまったから、オークションはキャンセルすると書いてみたら？」グレースは立ちあがり、ミリーを腕に抱いて、サディに歩み寄った。

そんな当てつけの言葉を否定するより、サディは唇を噛《か》んで胸のつぶれそうな痛みを抑えた。

「愛だけでは十分でないこともあるのよ」サディは手を伸ばして赤ん坊に慰めを求めた。

「彼は十分ミリーには向き合ってくれているわ」グレースが近くのソファに腰をおろすと、サディは続けた。「彼はミリーを愛している。何者もそれを邪魔することはできないわ」

ただ、ローマンは軽率な行動や発言をするような人ではない。そう、彼はミリーを怖がっていた。だからといって、彼の宣言が思慮に欠ける、純粋なものではないということにはならない。彼にとっては苦痛だったに違いない。これまで経験したすべてのことを経て、勇敢に身を投じ、サディとミリーのために、家族三人のために闘うのだから。特にサディが、彼女はローマンにはふさわしくない、彼はミリーを愛しているけれど、サディを愛することはできないという不安にしがみついていたときは。

「それは彼があなたも愛しているという事実も含めて？」グレースは体裁をつくろった言葉は信じなかった。

サディは首を振り、その可能性を考えようとしなかった。「彼はミリーを愛していて私たちを家族のようにしたがっている。でも私を愛してはいない」

ローマンはカロリーナとミコとミリーを愛している。娘への彼の献身だけでサディには十分だった。

「ほんとうに多くのことを経験してきたのだから、彼には幸せになってもらわないと」サディは続け、ミリーに慰めを求めて抱き寄せた。「もしローマンがもっと子供を欲しがって、私がそれを与えられなかったら……？」

「〝もし〟は嫌いなくせに」グレースが指摘する。

吐き気がして、サディはノートパソコンを閉じた。ローマンを拒むのではなく、チャンスを与えるべきだったのかもしれない。自分の望みを受け入れ、それを追い求めるべきだった。約束を守って、将来についで話し合うべきだった。もしそれが不確かなものだったら？　それこそが答えではないの？　ローマンがもう子供をもうけることに関心がないなら、サディは今を生きるという自分の信条を信じ、ローマンの言葉を信じるべきだった。

もう遅すぎるだろうか。

「そのとおりよ、私はもしものことばかり考えていた」興奮が血管を駆けめぐった。ローマンに自分の気持ちを伝え、一日一日を大切に過ごすと伝えるべきだった。二人の関係がうまくいって、いつか、サディが彼を愛したように、ローマンも彼女を愛してくれるかもしれないと期待して。

ミリーをグレースの手に戻し、サディはシャワーに向かった。「寄付金集めの準備をしないと」

「彼の経歴がまだでしょう」グレースの声が呼びかけた。妹はクッションの陰でミリーと〝いないいないばあ〞をして遊んでいる。

「何か考えるわ」

バレンタインデーの夜、ソーホーの〈テムズ・ギャラリー〉には、待ちに待った病院の寄付金集めのためテーブルとステージが設置され、照明が落とされ、騒然とした雰囲気の中、病院のスタッフとその家族のほとんどがブラックタイとフォーマルドレス着用で着飾っていた。

ローマンはステージの一方の端で、不安に胃を締めつけられながら待機していた。チェコ人の友人クサベルを駅まで迎えに行ったあと、遅れての到着だった。プラハ時代の外科医の同僚は現在オックスフォードで働いていて、オークションでローマンの代役になることに同意していた。ローマンは自分でオークションに参加することも考えたが、サディへの気持ちがそれを許さなかった。たとえ二人の気持ちが通い合っていなくても。

今、彼が望んでいるのはサディに会うことだった。気持ちを伝えるのに遅すぎることはないだろう。救いになるものが何かあるかもしれない。ミリーの幸せを確かなものにするという考えに惑わされて、簡単にあきらめすぎたのかもしれない。だがこれは二人の娘の問題ではなく、彼とサディの問題なのだ。

胸が引き裂かれるような苦しみに耐えながら、ローマンはサディがステージの反対側からマイクに近づいてくるのを見た。

やがてBGMがやむと、彼女はマイクを握りしめ、興奮ぎみに咳払《せきばら》いをした。

「ご来場の皆さま、今宵《こよい》はどうぞお楽しみを」拍手がわき起こる中、サディは広い会場を見渡した。まるでローマンを捜しているかのように。

ローマンはサディにメールを送り、会場にいて作戦を練っていると知らせてあった。サディに名前を呼ばれるまで待って、クサベルと一緒にステージにあがり、土壇場で選手交代を宣言するつもりだった。

「次のオークションは」サディは言い、声が震えていた。「皆さまお待ちかねの本日のハイライト、魅惑のドクターとのデートです」

会場は歓声とどよめきに包まれた。

「皆さまが楽しみにしていらしたのがわかります」サディの笑顔が弱々しくなり、手元の用紙に目を落とした。「ですが、私のせいで……」

ローマンの心臓が不規則に打った。彼はステージに駆けあがってサディを腕に包み込み、こんなことを続ける必要はないと言ってやりたかった。なぜなら彼はサディを愛しているのだからと。ただ、サディは自分たちの気持ちどころか、二人の関係についてすら話し合おうとしなかった。

サディは紙片を握りしめて足元に目をやった。観客は静まり返り、待っていた。ローマンは前に進み出て、オークションの続行をサディに知らせようとしたが、本能が彼を引き留めた。

サディは顎をあげ、決意をこめて観客に言った。

「ドクター・ローマン・イェジェクはオークションに志願してくれたのですが、今夜、ここにはいません」落胆のどよめきでかき消される前に、急いで続けた。「彼のせいではありません。私に非があります、さきほど申しあげましたとおり……。私は一年前ドクター・イェジェクと出会いました。おかしなことに、別のバレンタインデーのイベントで。そして、その……私たちは関係を持って、実は娘もいます。ミリーです。もっともこれは余談ですが――」

サディは緊張したときするように、とりとめもなく話していた。ローマンは体をこわばらせ、息を止め、話の先を聞きたくなった。

「ともかく」サディは続け、手の中の紙片をきつく握りしめた。「私たちは二人とも恋愛関係を望んでいたわけではなく、ですからドクター・イェジェクはこの寄付金集めのイベントに誠意を持って参加してくれました。なぜなら彼はすばらしい男性で、優秀な医師で、驚くべき父親だからです」

サディはふいに黙り、息を切らしたように喉をごくりと動かした。

もう一瞬もじっとしていられず、ローマンは前に進み出たが、手ごわいシスター・サミュエルズに行く手をはばまれた。制服姿ではないので彼女とはほとんど気づかなかったが、とても華やかに見えた。それでもローマンは彼女のまじめな表情に気づき、その場に踏みとどまった。

「それから」サディの声が小さくなった。「彼は私たちがちゃんとした家族になって、ほんとうの関係を築くことを望みました。私もそれを何より望んでいます」サディは胸に手をあてた。「でも私は怖じ気づいて、彼が将来の夢を語ろうとしても、耳を傾けようとはしなかった。そして今、彼はアイルランドに行こうとしている。私はほんとうはここにいてほしいのに。ミリーのためだけじゃなく、私のためにも。なぜなら、私は……」ため息をつく。「彼を愛してしまったから。でも、私はそれを彼に伝えなかった。今、彼はここに見あたらない……だから私にはもう伝える機会がないかもしれません……」

サディは彼を愛していたのか。

ローマンの心臓は彼の喉元までせりあがった。

「でも私が最後に言いたかったことはこうなんです――」サディは観客にまっすぐ向き合った。「たとえ彼が今夜ここにいたとしても、このオークションは続けられません。だって私が彼とデートをしたいのですから。私たちでカップルになりたい。私と彼とミリーで家族になりたいんです。もし彼がここにいたら、私はそう言います……」

ついに力尽き、サディがほかの主催者たちに目を向けると、イベントの急転に呆然《ぼうぜん》としているか、サディの心からのスピーチに涙ぐみそうになっている。

ローマンは唖然《あぜん》としたまま、サディのところに行きたくてたまらなかった。彼女の目を見つめ、今言ったことが真実かどうか、確かめたかった。自分も彼女を愛していると伝える必要があった。二人ですべてを解決していこうと。

サディは背筋を伸ばしてマイクを握り、明るい笑顔を浮かべた。「では次のオークションに移りましょう。カップルでスカイダイビングに挑戦です」

観客の反応を待つことなく、サディはステージから急いで降り、サミーは行く手をはばんでいた腕をおろした。ローマンはさっと駆けだした。

16

涙があふれそうになりながら、サディはステージをあとにした。ほかの主催者たちに首を振り、急いで通りすぎる。立ち止まって話せば、泣きくずれてしまうだろう。ローマンがオークションに現れなかったのが信じられなかった。明らかに彼をひどく傷つけてしまった。もうアイルランドに向かったのかもしれない。思いを告げるチャンスを逃したのだ。

絶望の嗚咽《おえつ》をこらえながら、サディはオークションが続くステージ裏をあとにし、ギャラリーを出て暗いスタッフ用の廊下に出た。

ローマンはサディに家族になるチャンスを与え、彼女が望むものをほとんどすべて差し出してくれたのに、彼女はそれを手にすることなく、自分の臆病さに屈し、今、愛する男性を失った。彼が去った今、サディは二人の関係を驚くほどはっきりと見られた。彼は行動でサディを気遣い、安心させ、大切にし、望まれていると感じさせてくれた。正直で、信頼でき、頼りがいがあった。サディは身を引いて、心を閉ざし、安全な場所にとどまっていた。

誰かがサディの腕をつかみ、さっと振り向かせた。ローマンがオークション用に着飾ってそこにいた。

サディはあえぎ、くしゃくしゃになった紙片を胸に押しあてた。「オークションに出たの？」

彼はゴージャスで、タキシードがよく似合い、青い瞳が輝いている。サディの腕をつかみ、親指を肌にすべらせた。「遅れてすまない。駅で友人と待ち合わせていたんだ」ローマンはサディの顔を包み込むと、視線を釘《くぎ》づけにした。「さっきはすばらしい宣言だった。ああいうのは嫌いじゃなかったかな」

彼の視線は焼きつくようで、激しさに息をのむほどだった。サディは彼の腕をつかみ、もししがみついていなければ、彼が消えてしまうのではないかと心配しているかのようだった。「聞いたの?」

彼はずっとあそこにいたのだろうか。なぜ彼がここにいるのか、サディの頭ではよく理解できなかったが、彼の姿に胸が躍った。

彼はうなずき、優しい笑みを浮かべた。「すばらしい言葉の数々だった」

サディはこぼれかけた涙で目がちくちくし、足から力が抜けそうになりながら、ほほ笑んだ。「ええ、ああいうのは好きになれなかったけど、この男性に出会って、ときには正直に自分の望みを言うべきだと教えられたの。冒す価値がある危険もあると」

サディがそれ以上言葉を発する前に、ローマンは彼女を壁に押しつけた。一瞬、目が合ったかと思うと彼の唇がおりてきて、包み込むようなキスをした。

二人が息を切らして離れると、ローマンは彼女の額に額をあてた。「すまない。またきみの興奮した話を聞かされて、キスしそびれていたんだよ」

「私もよ」サディはローマンの胸に頭を預け、彼の心臓の鼓動を頬に感じた。「ごめんなさい、ローマン、あなたを突き放してしまって。怖かったの。自分の直感を疑っていた。過去に間違った方向に導かれてしまったから」彼を見あげる。「でもこの前、関係を結ぼうとしたとき、あなたは助けてくれた。私はまだ自分の判断を悲しんでいて、手のほどこしようがないと思っていた自分の一部を悲しんでいた。私は傷ついた自分を望んでくれる人がいることに感謝していたから、その人は私にふさわしい男ではないという警告のサインを無視してしまったのよ」

今こそ、ローマンを愛していると、自分が愚かだったと、彼にその気があればどんな関係でも望んでいると伝えるチャンスだった。「さっき言ったことは本心よ。私はあなたを愛している。あなたが欲しい。私は今、何が欲しいかわかっている。私たち三人で家族になりたい」

「本当に僕を愛しているのか」苦しげな表情できく。

「ええ。どうして愛さずにいられる？　あなたはとても魅力的よ。私が身動きがとれずにいて、あなたがオフィスのドアを開けてくれたとき、私はあなたに恋したのだと思う。私が愚かで、自分の気持ちに気づけなかったのよ」

彼はまたキスし、サディを壁に押しつけた。

身を引いたとき、彼は心を決めたようだった。

「サディ、そろそろ将来のことを話そう」

サディは顎をあげてうなずいた。「わかってる。私の心を開く用意はできている。あなたと一緒に計画を立て、あなたが必要とする、強く揺るぎない女になる準備はできているわ」

「サディ」彼はうめき、サディの手をとって唇に近づけ、指先にキスをした。「君はいつも僕の中にいた。僕もきみを愛してしまった。わかるか？」

サディは魔法にかけられたように身をこわばらせた。ローマンが彼女を愛していた？　本当なの？

「もっと前に話すべきだった」彼は続けた。「でも僕も怖かった。僕は君にはリスクだ。なぜならきみは以前裏切りに遭い、僕はここに傷を抱えている」ローマンは拳を胸に押しあてた。心臓の上だ。

「大丈夫よ」サディは声がかすれ、彼への愛でめまいがしそうなのに、彼の親指が唇にそっとふれた。

「僕はカロリーナとミコをずっと愛していく。それはどんな女性にとっても大変なことだ。だがもし僕を信頼してくれるなら、ここには余裕があることを毎日教えてあげよう」彼はサディの手を取り、胸に押しあてた。「きみとミリー、二人を愛している」

すばらしい言葉に、サディは喜びの涙を流した。

エピローグ

十四カ月後

笑いながら、ローマンは携帯電話でミリーの写真を撮った。娘は細かいアイシングの砂糖にまみれ、木のスプーンを旗のように振りかざして興奮した声をあげている。チョコレートのアイシングのかたまりが、キッチンのベンチやタイル張りの床、そしてミリーのブロンドの髪にまで飛び散っていた。

「なんてことだ……」ローマンはミリーを抱きあげてシンクに運ぶと、ミリーが何のためらいもなく木のスプーンを温水の流れに突っ込んでいる隙に、何とか娘からケーキの最悪の汚れを取り除いた。

「パパ《タチネク》はママと面倒なことになる。ママがお湯から出る前に、ここを全部片づけてしまわないと」

「何を片づけるの?」サディが壊滅状態のキッチンに入りながら、廊下から言った。

「ベーキングパウダーまがいのもので汚れただけさ」ローマンが言い、ミリーを片目で見ながら、サディの腰に腕をまわし、できる限りのキスをした。

「何を焼いたの?」サディは少し息を切らしながら言った。散らかったカウンターに目を走らせ、彼らが持っているボウルや調理器具を片っ端から探る。

「ケーキだよ!」ローマンがもう一度ミリーを抱きあげると、二人の作品を覆っておいた布巾を勢いよく振り払う。「ジャーン」

サディは笑いをこらえ、口を手で覆った。

「何だい?」ローマンが横倒しになった、部分的に焦げたケーキに感心しながら言う。「これを面白いと思ったのか?」せっかちな彼はケーキがまだ温かいうちにアイシングをつけすぎてしまい、溶け始めていた。彼はサディの肩に腕をまわし、引き寄せた。「そんなに面白くはないけど。焦げたケーキが好みなら、それはそれでいいんじゃないかしら」

「おやおや」ローマンがミリーに目を丸くした。「ママは緊張するとおしゃべりになるんだ」

サディとこんなに近くにいてキスをしないわけにはいかず、彼はサディの顔をさっと引き寄せ、これからすることを約束するように、唇を重ねた。「何のお祝い?」サディが息を切らして尋ねる。

「特には何も。僕たち三人を祝って、そして僕たちがお互いにいることがどんなに幸運なことかを」

サディは熱気からさめ、輝く瞳を彼の口元に向けると、ローマンの顔を近づけ、もう一度キスした。

「愛してる」サディは言い、その視線は熱気と約束に満ちていた。

「愛してる。だから僕と結婚するべきなんだ」

ローマンはサディが苦しげなあえぎ声をもらしたのは無視して、ミリーに向き直った。「おまえもママが僕と結婚するべきだと思うだろう?」

ミリーは意味不明の言葉を口走り、木のスプーンを振って同意した。

「見たか」彼はもう一度サディに向き直った。「この子は賛成した」ミリーを床に座らせ、片膝をついてサディの手をとった。「サディ、もう永遠の約束をするときだと思う……きみと僕とミリーはずっと一緒にいると約束する。僕と結婚してくれないか」

サディは泣き笑いをし、ローマンの前にひざまずいて、彼の肩に腕をまわした。「ええ、するわ」

ローマンはサディの腰に手をまわして引き寄せた。

「これはお祝いしないといけないな」

サディは満足げに彼の肩に頭を預けた。「もちろんよ。あなたとなら毎日だってお祝いするわ」

ハーレクイン®

遅れてきた愛の天使
2025年2月5日発行

著　　者	JC・ハロウェイ
訳　　者	加納亜依（かのう　あい）
発 行 人	鈴木幸辰
発 行 所	株式会社ハーパーコリンズ・ジャパン 東京都千代田区大手町 1-5-1 電話 04-2951-2000（注文） 0570-008091（読者ｻｰﾋﾞｽ係）
印刷・製本	大日本印刷株式会社 東京都新宿区市谷加賀町 1-1-1
表紙写真	© Cynthi Kovach ｜ Dreamstime.com

ISBN978-4-596-72120-4 C0297

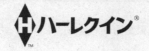